さかのぼり喫茶おおどけい

内山純

双葉文庫

CONTENTS

さかのぼり喫茶おおどけい

発足会

ボウワァア〜〜ン……

銅鑼《どら》の響きのようなくぐもった鐘の音《ね》が店内の大時計から聞こえた気がして、羽野島《はのしま》颯《はやて》は顔を上げた。

白いシャツと黒い蝶ネクタイ、黒いパンツ姿のハヤテは、店の中ほどの大テーブルに座る五人にコーヒーを配り終えたところだ。

客たちは入口そばの年代物の大型置時計《ホールクロック》を気にする様子はなく、昭和のレトロ感漂《ただよ》う茶色い店内が珍しいのか、てんでに視線を彷徨《さまよ》わせている。

時計音は僕の気のせいだったかな。

ハヤテは《喫茶おおどけい》の老店主、羽野島ハツ子に視線を移した。

あと二ヶ月で八十九歳になる小柄な彼女は、いつものメイドエプロンを纏《まと》い背筋をしゃんと伸ばして、大テーブルに座る老婦人に声をかけた。

「では、しず江《え》さん。会長からご挨拶を」

青池《あおいけ》しず江はハツ子より一回り少々年下で、ショートのグレイヘアがよく似合う丸顔の女性だ。極彩色の熱帯魚たちが大きくプリントされたワンピース姿で、杖を頼りによっこらしょと立ち上がり、張りのある声で元気よく話し始めた。

「我が『東中野《ひがしなかの》の歴史を保存する会』略して歴史保存会は、おかげさまで来年三十周年を迎えます。ついては記念の年に特別な企画を行うことになり、古参メンバーが推薦した方々……お子さんやお孫さんなどですが、そのみなさんにプロジェクトメンバーになっていただいたというわけです。よろしくお願いします」会長は全員を見渡したのち、隣の女性に声をかけた。「そちらから自己紹介を。簡単でいいですよ」

「あたし?」痩身《そうしん》の彼女はぴょこんと立ち上がり、しかたなさそうに名乗る。「藤代加奈《ふじしろかな》。大学二年です」

日本的な優しい顔立ちだが、メイクが少々濃すぎるためかアンバランスな印象を受ける。そして、会への参加を後悔しているのがありありと見てとれた。

その隣の五十代前半の男性は小暮壮次郎《こぐれそうじろう》。「株式会社ヒメノ勤務です」と得意げに言ったが、誰からも反応を得られなかった。機微に聡い老店主のハツ子がすかさず「あの大手商社の。すばらしいわね」と入れたフォローにより、ようやく満足そうに座る。大学生と同様、積極的に参加したようには露ほども見えなかった。

三十代後半の女性、臼井麻美《うすいあさみ》はアジアン雑貨の店を経営しているという。長身で、大きめのロイド眼鏡が印象的だ。ラピスラズリのような色合いの髪留めで長髪をひとつに結わえている。幸いなことに、彼女だけはすごく張り切っていた。

「新参者ですが、頑張ります！」

最後に、中背でややぽっちゃりした体格の男性がのろのろと立ち上がる。二十代半ば、シワの寄ったワイシャツと少しキツそうな紺のズボン姿だ。

「牛窪直樹《うしくぼなおき》です。三田《みた》の、環境整備商品を扱う会社で営業をしています」

申し訳程度にニコリと笑い、頭を下げて座る。

会長のしず江は、どんよりした空気を払拭するかのごとく明るく言った。

「あと一人、私の娘も参加予定ですが、今日は仕事が入ってしまい欠席です。フリーのライターをしているの。次回は必ず来させます。ごめんなさいね」

臼井麻美が手を上げる。

「ミーティングはいつもこの《喫茶おおどけい》なんですか？」

「ここは東中野の老舗《しにせ》の喫茶店で、店主のハツ子さんは歴史保存会の言わば名誉会長だから、会合を開くのにもってこいだと思っています。区の施設を利用することもありますけどね。なにか気になることが？」

「進行状況を確認したいとき、『ここに来ればわかる』場所があるとか、『この人に聞けばわかる』人がいたら便利かな、と」

ハツ子が勢いよくぽんっと手を叩いた。

「臼井さん、いいことを言ったわ。ハヤテさん、あなた進行係になりなさい」

ハヤテは目を見開く。

「……僕、ですか」

「あら、いいわね」しず江もすかさず賛同する。「ハヤテくんはハツ子さんのお孫さんで、イラストレーター兼この店のアルバイトさんなの。東中野のことはよく知っているし、そういう人がいると助かるわ。お願いできるわよね？」

語尾の「ね」の響きは〝お願い〟ではなく〝決定〟だ。ハヤテは抵抗をあきらめて粛々と答える。

「お手伝いさせていただきます」

欠席しているしず江の娘さんの分も含め、プロジェクトメンバーの連絡先を自分の携帯に登録し、挨拶メッセージを一斉送信した。

即座に返信をくれたのは臼井麻美のみだ。

「では、今日は顔合わせってことで」小暮壮次郎が腰を浮かせた。「具体的な話は次回にしましょう」

臼井麻美だけが「もう終わり？」と言ったが、他の面々もすぐに立ち上がった。

ステンドグラスのドアの前でハツ子が、「またいらしてね」と一人一人に声をかけ、最後に会長を見送って、メンバーはいなくなった。

ハヤテはぼそりとつぶやく。

「おばあちゃん、前途多難の様相だね」

「店では『ハツ子さん』でしょ」老店主は眉根を寄せたのち、急にけらけらと笑った。

「確かに、なかなかまとまりそうにないわねえ」

笑いごとではないんだけどな。進行係にされちゃったし。

「まあ、なんとかなるわよ」

ハツ子のすぐ後ろから、〝ボーン〟というさきほどとは異なる、ごく普通の時報音が聞こえた。

二人で大時計を見やる。

「ほら、『なんとかなる』って大時計も言っているわ」

ハヤテは黙って肩をすくめた。

ハツ子さんはいつも前向きだからね。

53億円の
ナポリタン

こんな会、引き受けるんじゃなかった……

藤代加奈《ふじしろかな》は密かにため息をついて《喫茶おおどけい》を出た。会合メンバーとともに狭い路地を進み、人がたくさん行き来する通りに出る。〝東中野ギンザ通り商店街〟という名が付いているが、本物の銀座《ぎんざ》とはほど遠い、ごくありふれた商店街だ。

店はその通りからさらに奥まっており、一見《いちげん》の客が入ることも少なそうだ。進行係になったハヤテさんは二十代後半くらいの長身のイケメンだから、彼目当てのお客さんはいるかもしれないけど、とにかく儲かっていなそうな感じだった。

「こんな時代遅れの店で時代遅れの会合なんて、まったく意味がないわ」歩きながらつぶやく。「あたしにはそんな暇ないのに」

また、ため息をつきそうになる。

加奈は、ごく平凡な家庭に生まれ育ったと思っている。父は新宿《しんじゅく》の中規模の食品会社に勤めるサラリーマン、母は近所の生花店でパート勤めをしている。

小、中、高と公立で、勉強もスポーツも並程度だった。突出した才能があるわけではないが、大きく世間からはみ出すこともなかった。ルックスは並より少し上くらい。目は細めで鼻と口は小さい。えらが少し張っているが目立つほどでもない。色白できれいな肌を褒《ほ》められることはある。背が低めだが、痩《や》せ気味なのでバランスは取れていた。

人生はトータルで中の上あたり。普通に楽しく生活して、普通に幸せだと思っていた。

だが一年少々前、加奈の人生観を変えるできごとが起きた。

全国的に有名な伝統のある小規模な私立大で、付属校がいくつもあるため狭き門と言われている優星《ゆうせい》学園女子大学を、記念受験と思って受けたところ合格したのだ。両親も親戚一同も大喜び。もちろん加奈も。

期待に胸を膨らませて入学した。

だがすぐに、夢見ていたようなキャンパスライフとは異なることに気づく。

ずっと公立高校で過ごし男子とも気さくに話してきた加奈にとって〝女子しかいない教室〟は、そうとわかっていてもなかなかの衝撃で、同性しかいない気の緩みのような空気と、逆にライバルしかいないピリピリ感の両方を感じた。おまけにクラスには東京の付属高校から上がってきた子たちの大きなグループがあり、地方の付属校の子や一般受験で入ってきた者たちは肩身の狭い雰囲気があった。

四月下旬、一般教養の授業でたまたま隣に座った子から声をかけられた。

「あなたのノート、すごく整理されて書かれているわ。頭いいのね。よかったら一緒にランチしない？　いつも行くお店があるの」

　彼女の名は桜子《さくらこ》。例の付属校グループのリーダー的存在で、キャンパスを歩くと皆が注目するような派手な美女だ。資産家のお嬢様で小学校から優星学園だという。

　連れていかれた大学近くのおしゃれなフレンチ・カフェには、グループの子が集まっていた。皆、最新のメイクやネイルを施し、着ている服も持っているバッグも高級そうだ。加奈が桜子の隣に座ると全員がねっとりと視線をよこした気がして、恐縮した。彼女たちは加奈に構わず会話を続ける。

「今日、とてもいい香り」「ミスディオールなの」「ああ、やっぱり」「プチプラも試してみたけれど、私にはイマイチ合わなかったわ」

　プチプラばかり使っている加奈には耳が痛い。

「ゴールデンウイークはどうするの？　我が家は毎年ハワイなんだけど」「うちはおばあさまが一緒に軽井沢《かるいざわ》の別荘に行こうってうるさいから、お供するの」

　千五百円以上するランチプレートを食べながらこんな会話が飛び交っている。自分とは別世界だな。加奈は心の中で苦笑した。

　ランチの終わりごろ、桜子がノートをコピーさせてほしいと言ってきた。高校時代は特に優秀だったわけでもないので、驚きつつも快諾する。

「加奈って、落ち着いている感じがステキ」彼女は屈託なく言う。「明日も一緒にご飯食べようね」

女王様気質の一方でどこか幼さを併《あわ》せもつ彼女はなかなか魅力的で、気に入られて悪い気はしなかった。だが、毎日こんな高いランチを食べていたらファミレスのバイト代はあっという間に飛んでいきそうだなと思った。

桜子は、その後もいろいろなことに加奈を誘ってきた。銀座での買い物。知人のクラシック・コンサート。青山《あおやま》のレストラン。白金台《しろかねだい》のショコラティエ……

全部はとても付き合えず予定があるからと断ると、彼女は子供のように拗《す》ねてしまう。悪いことをしているような気分になり、結局、お付き合いする羽目になる。煌《きら》びやかな世界に触れるのは悪くないが、少し疲れた。

大学生になって二ヶ月ほどしたころ、ふと、高校時代の友達がどうしているかとSNSを覗いてみた。それぞれ充実した生活を送っている様子だ。

中学時代に仲のよかった友人にも久々に電話してみた。彼女は製菓の専門学校に通っていて、毎日大変だが楽しいという。

『加奈は優星学園だから、すっかりセレブな生活していたりしちゃうの?』

声に嫉《ねた》みのようなものを感じ、加奈は戸惑った。

自分は相変わらず〝普通〟で、周囲についていくのに必死だ、などと愚痴《ぐち》めいたことを言うと、友人はあっさり返してきた。

『加奈は地味だからね〜』

　電話を切って、モヤモヤした。あたしだって桜子から気に入られているし、華やかなグループの一員だけどな。

　桜子からメッセージが届く。

――良さげなイタリアンレストランを見つけたの。二人だけで行きましょ。最近、舞子《まいこ》や妃美香《ひみか》と一緒にいるのがどうもね。私が目立っていることが面白くないみたいで、嫌味っぽいこと言ってくるから
　女子同士の水面下の抗争に巻き込まれるのは面倒だ。あたしは、ごく普通にしていたいだけなのに。

　しかしつい最近、桜子の機嫌を損ねてグループからはじき出された子がいた。その子は今クラスで孤立していて、ランチを共にする人もいない。もし自分も追い出されたら、〝普通〟以下になってしまうのだろうか……

　結局、桜子と二人で話題の高級イタリアン、セ・ラ・ヴィへ行った。洗練された接客、大輪のカサブランカや深紅のバラや上品な紫色のラベンダーが飾られている豪華な店内、美味しいランチ。そんな華やかな場を、加奈は楽しむことができた。桜子も二人きりのランチに大満足したようだった。

「私のおばあさま、イタリアンが大好きだから今度連れてきてあげよう」

加奈は自分の祖母の庶民的な顔を思い浮かべた。セレブとは程遠い生活をしているおばあちゃんは、こんなお店の入口に立っただけで緊張してしまうだろう。

「加奈は中野に住んでいるのよね。便利そうでいいなあ。私の家は成城《せいじょう》で、家のまわりは住宅地でつまらないの。中野は駅前になんでもあって楽しそう」

加奈が住んでいるのは、正確には東中野だ。大学やデパートや規模の大きい商店街がある中野駅とは異なり、今一歩あか抜けない。今度遊びに行ってもいいかと聞かれ、まあそのうちに、とお茶を濁《にご》した。

桜子と別れて東中野に戻ってきて、我が家の前に立ちしみじみと見つめた。

祖父が四十年前に建てた木造住宅は加奈が生まれたころに二世帯住居に改装されたが、それからも二十年近く経っているので古さは否めない。継ぎ足しで建てたため一階と二階の色合いが異なり、バランスも悪い。申し訳程度の庭の低木は手入れ不足で枯れ気味だ。石塀もあちこち欠けて見場が悪い。

こんな家に桜子を連れてくることはできないなあ。

家に入ると、母の登代子《とよこ》が生花店の仕事から帰ったところだった。明らかに咲きすぎた花を大きめのコップに活けている。カサブランカと薄いピンクのバラ、ミニひまわり。

「これ、もう売れないから、もらってきたの。まだきれいだものね」

母が嬉しそうに言ったが、加奈はレストランの豪華な花を思い出していた。やっぱり、あっちのほうがだんぜんいい。

せっかく優星学園に通っているんだし、あたしは〝普通〟以上を目指そう。そのためには、やはりお金が必要だ。

加奈は効率よく稼げるバイトを探し、思い切って、高給を謳う都内に数店舗を持つメイドカフェの会社の面接を受けてみた。女性面接官は履歴書の大学名に大いに興味を示したのち、採用してくれた。

――人気が出れば時給もあがります。ぜひ頑張ってくださいね
面接官はさらりとそう言った。

働き始めて、またも女子ばかりの世界だったと少し後悔する。どの子もルックスに自信を持っているらしく、丁寧《ていねい》なメイクで自分を最大限にアピールしようと必死だ。客は大半が男性で、店内では常に見つめられているような気がして居心地が悪かった。制服のミニスカートは恥ずかしかったが、華奢《きゃしゃ》なのでそれなりに格好よくは見える。加奈は自分を励ました。割り切って稼げばいいのだ。

一ヶ月もすると馴染《なじ》みの客ができて、時給もあがった。指名が増えて、他のバイトの子に密かに妬まれるほどになる。

稼いだお金はメイク用品や服や装飾品、桜子とのお出かけに費やした。高い化粧品のお

かげで肌ツヤがよくなったし、顔立ちをくっきり見せるメイクもうまくなった。周囲からの視線が以前とは異なり、桜子のグループの子たちと同じように注目されている気がした。

頑張って自分を磨くことは楽しい。あたしはもう、地味な普通の子ではない。


加奈は夏休みもバイトに励んだり桜子とお出かけしたりしていたが、ある晩バイトを終えて携帯を覗くと、母から何度も連絡が入っていた。折り返すと、動揺した声が聞こえた。

「おばあちゃんが……」

祖母のツミが亡くなった。七十七歳だった。夏風邪が長引いて肺炎を併発し数日前から入院していたのだが、まさかこんなにすぐに……

病院に駆けつけると、母は取り乱していた。

「やっぱり、去年おじいちゃんが亡くなったことで気力が衰《おとろ》えちゃったのかも」

祖母はさばさばした性格だった。いつも忙しそうにいろいろと動いていて、一緒に遊んだ記憶は小さいころ以外はあまりない。二世帯住居だったがお互いに干渉しすぎず、義理の息子である加奈の父ともほどよい距離感で仲良くしていた。

花が好きで、家にはいつもどこかに名もない花が飾られていた。加奈が中高生のころ部活や塾で疲れて帰ってきたとき、勉強机に小さな花が置かれているのを見て癒されたものだ。祖母のさりげない気遣いだった。でもおじいちゃんが亡くなってからは、そういうことをしなくなっていた。

葬儀のあとは祖母の遺品整理を手伝った。押入れの奥にヴィトンのバッグを見つけて驚く。我が家に高級ブランド品があるとは。母に聞いてみた。

「私が大学生のころ、背伸びして買ったものだわ。じきに、自分には合わないなあと思っておばあちゃんに渡したの。そんなところに仕舞い込んであったのね」

使っていいかと母に聞くと、少しの間、見つめ返されたのち「大事に使うならいいわよ」と言われた。

九月下旬に大学が始まると、ヴィトンのバッグは即座に桜子の目にとまった。

「加奈もブランドバッグ持つのね。わざわざこだわって持たないのかと思ってた」

単に買えないから持っていなかっただけなのに、そんなふうに思われていたのか。母のものだけど、と遠慮がちに言うと、彼女は力強く答えた。

「そういうのが大事よね。いいものは受け継いでいくのよ。私もおばあさまからたくさんバッグをいただいているわ。サブスクで借りる人もいるけど、ブランドってそういうものではないと私は思うし」

ドキリとする。高級ブランドバッグはこれしかないので、サブスクを考えていたところだった。

いいものは受け継いでいくのか。じゃああたしが頑張って稼いでいいものを買ったら、将来あたしの子供に受け継げるってことよね。せっかく周囲から〝普通〟以上に見られているのだから、この状態をキープせねば。

加奈は、より一層バイトに励んだ。

冬休み、バイトで知り合った別大学の女子大生から「ちょっとしたサークルに入らない？　K大とかJ大とかのセレブな人たちが集まっていろいろ意見交換する場なの」と誘われた。彼女は上昇志向が強く、仕事熱心で客からの人気も絶大だ。その子から誘われて悪い気はせず、行ってみることにした。

一月下旬。K大にあるラウンジで集まりは開かれた。いかにもお金持ち風の数人の男女がゆったりと話をしている。桜子のグループに属しているおかげか臆せず堂々と話をすることができ、彼らも大歓迎してくれた。

「加奈ちゃんは優星学園なんだね。僕の従姉《いとこ》も卒業生だよ」

K大の三年生だという四之宮律人《しのみやりつと》は頬骨《ほおぼね》が高く額が広く、自信に満ち溢れた秀才という感じの青年で、積極的に加奈に話しかけてきた。

「セ・ラ・ヴィでディナーでもどう？　サークル入会のお祝いにご馳走するよ」

ほんの少しトキメキを感じつつ、二月の初めに高級イタリアンに行った。

運ばれてきた料理は、以前食べたランチよりもさらに素晴らしかった。箸休め的な感じで出てきた少量のパスタまで、これまで食べたどんなスパゲッティよりも美味しいと感じた。メインもデザートもそれはそれは美味で、感嘆のため息しかでてこない。

だが加奈はどんな料理よりも、律人の話に酔いしれていた。

「あの株は上値《うわね》が重そうだが、追ってもいいかなと僕は考えていてね」「つまり投資効率っていうのは」「そうそう、そのとき為替《かわせ》を考慮しないと痛い目にあうってわけ」

真のセレブは常に自分の資産を増やすことを考えている。〝普通〟より上の人たちがやっているのはバイトでちまちま稼ぐことじゃなくて、こういうことなのだ。

「加奈ちゃんも投資しない？　すぐに二、三割の利益が出るよ。その気になったらいつでも連絡して」

数日後、律人に電話をかけた。

最初に預けた十万円で、すぐに一万五千円の利益が出た。メイドカフェよりずっと効率よく稼げる。加奈はさらに金額を増やして投資した。また儲かった。そのうちバイトも辞められるだろう。だが、今はまだ投資額を増やさなければ。

律人とはその後も頻繁に連絡をしあったが、恋人同士に発展する気配はない。自分の気持ちも相手の意図もわからぬまま、儲かるのだからと彼のアドバイスに従い、投資を続けた。

三月に入ってすぐ、律人からメッセージがきた。

『今回、いつもの三倍の額を入れられないかな。今ちょっと株価が下がっているけれど、追加で投資したら間違いなくさらに儲かるんだけど』

不安はあったがこれまでは確実に儲けていたので、言われるままの金額を律人に渡した。しばらく連絡がなく、何度もメッセージを送ってようやく返信がきたが、あと十万円追加してほしいと言われ、焦った。すでに貯金をほとんど投資に回してしまっている。春休みだったが、桜子からの誘いは極力断り、バイトを増やした。一日中立ちっぱなしで接客をして、くたくただ。

あたしいったい、なにをやっているんだろう。そもそもなんでお金を稼ごうと思ったんだっけ……

ある晩、バイトから帰ってくると母が声をかけてきた。

「おばあちゃんが関わっていた地元のサークルに参加してほしいの」

なんであたしが、と一応抵抗したが、母は、多摩《たま》に住む父方の祖母の介護もある。

「亡くなる直前まで、その会のことずっと気にしていたの。来年、三十周年で特別なイベントをやりたいんですって」

しぶしぶ引き受けた。

四月初旬、歴史保存会の会合が開かれた喫茶店から出てきて、加奈はため息をついた。みんなやる気がなさそうだし、なにより、こんなことしてなんになるの？

「こんな時代遅れの店で時代遅れの会合なんて、まったく意味がないわ」歩きながらつぶやく。「あたしにはそんな暇ないのに」


数日後の土曜日、珍しくバイトもなにもないので寝坊して、昼すぎに目覚めると律人からメッセージが来ていた。

今月中に追加の資金を入れられないと今までの投資が全て無駄になると言う。

『そういえば、今月誕生日だったよね。二十歳になればカードでキャッシングもできるよ。それも検討しておいて』

前に誕生日を聞かれたことがあったが、それってそういう意味だったの……

『それか、大学の友達を紹介してくれたら今回の分はこっちで処理してもいいよ。お金持ってて、もっと増やしたいって子、いるでしょ』

桜子の顔が浮かんだ。

これまでの投資がすべて無に帰すか、カードで借りるか、桜子を紹介するか。

どこに転んでもいいことはない気がした。だが、お金がなくなるのが一番悔しい。あんなに苦労してバイトしたのに。

絶望的な気分でリビングに行くと、母が仕事から戻っていた。手指のひび割れに絆創膏を貼っている。

「今日は早朝勤務で忙しかったわあ。入学シーズンもお花が動くのよね」

水仕事が多いせいだろう、母の手はいつもボロボロだ。

「加奈もなにか食べる？　お母さんこれからお昼だから」お腹が空いていることに気づき、うんとうなずく。「スパゲッティでいいよね」

加奈はダイニングの椅子に座り、古びた狭いキッチン、数十年ものの食器棚、コップに活けられた開きすぎのチューリップなどを見回した。なんだか惨《みじ》めだ。

母が立ち働く姿に視線を移す。

今年、五十歳。髪には白いものがちらほら。いつもメイクをほとんどせず、服装も構わない。今日も着古したシャツとジーンズ姿だ。

「お待たせ」

出てきたのはスパゲッティ・ナポリタンだった。大きめの皿にこんもりと載っている。急いで作ったせいか、ピーマンがちゃんと切れていなかったりソーセージの大きさがまちまちだったり、皿の端にもケチャップのオレンジ色があちこちはみ出ていたりして、見た目が悪い。

野暮《やぼ》ったいな。

むしゃくしゃしながら一口食べた。麺がもっさりしているように感じる。

「ぜんぜんアルデンテじゃないね」

「え？」母はフライパンを洗っている水音で聞こえなかったのか、大声を出した。「なんか言った？」

急に怒りがこみ上げてきて、加奈はフォークをがちゃんと置いた。

「ぜんぜん、パスタじゃない。こんなのうどんと一緒！　美味しくない！　一流のイタリアンのパスタはもっと歯ごたえがあって、洗練されていて、スマートだよ！」

「加奈」母は戸惑いながら水を止めた。「どうしたの？」

「あたしはこんな生活から抜け出すの！　お母さんみたいにはならない！」

加奈は言い捨てると、家を飛び出した。

サイテー。こんな家も、お母さんも。

そして、あたしも。

とぼとぼと歩いて、ギンザ通り商店街に入った。コーヒーでも飲んで落ち着こうと思ったが、携帯しか持ってこなかったことに気づく。電子マネーはいくらか入っていたっけ……

「あら、藤代加奈さんよね」

声をかけられ振り向くと、小柄なおばあさんがにこにこ笑っていた。メイドエプロンをしたままでスーパーの袋をぶらさげている。《喫茶おおどけい》のハツ子だ。

「ピーマンが切れてしまって、慌てて買ってきたのよ」

ウェーブのかかった顎あたりまでの長さの髪は潔いほど真っ白だ。背筋がぴんと伸び、黒目勝ちの瞳がきらきらと輝いていて、今にも踊り出しそうな快活な雰囲気を醸《かも》し出している。

ハヤテからのメッセージをろくに見ていなかったことを思い出し、気まずくてすぐに去ろうとすると、加奈よりさらに背の低い彼女が正面から顔を覗き込んでくる。額や目尻にシワはあるけれど頰は丸くて艶《つや》があって、笑顔があどけなくてかわいらしい。

彼女は、いたずらを思いついた子供みたいに声を弾ませた。

「ちょっと寄っていかない？　ご馳走《ちそう》するわよ」

結構です、と言おうとしてお腹が鳴り、赤面する。喫茶店の店主は加奈の背中を楽しそうに押した。

「若いっていいわねえ。さ、行きましょ」

店はそこそこ客が入っていたが、順番にお会計をしているようだった。店内の大時計を見ると、一時四十分過ぎ。ランチタイムが一段落したのだろう。

「そちらにどうぞ。悪いけど、ちょっと待っていてね」

カウンターを示され、加奈は素直に座った。

改めて店内を見回す。

全体的に茶色い。そして古びていた。入口脇の加奈の背よりも高い置時計、五卓あるテーブルや椅子、キャビネットやピアノはどれも年季が入っている。そこここに形の異なるステンドグラスのテーブルランプがあり、それはきれいだなと感じた。壁際の棚にはごちゃごちゃと雑貨が並ぶ。

一枚板のカウンターは分厚くて堂々たるものだが、小さな傷があちこちに刻まれているので相当古そうだ。端には骨とう品店で売られていそうなレジスターや、今どき見ないピンク色のダイヤル式公衆電話が置かれていた。

「いらっしゃいませ」

黒いソムリエエプロン姿のハヤテがおしぼりを渡してくれた。やわらかなウェーブの短髪といいすっと通った鼻筋といい、美形要素満載なのになんだか影が薄く感じられるのは、祖母である店主に華がありすぎるせいかもしれない。

加奈は視線を逸らして謝った。

「すみません、メッセージに返信してなくて」

「いえ」彼は小声でつぶやいた。「みなさんお忙しそうで、返信はないので」

ますます申し訳ない。

だけど、みんな忙しいのは事実よ。会社員の人とか、お店やってる人とかでしょ。お年寄りの暇つぶしみたいな会のために、たくさん時間を割けないわ。

やがて最後の客が帰り、加奈のみが残った。

「今日のランチは慌ただしかったわねえ」

ハツ子はやれやれというように腰を伸ばすと、テーブルの皿を片付け始めた。

加奈はふと思いついて聞いてみる。

「ハツ子さんは、何年くらいこのお店をやっているんですか？」

彼女は嬉しそうにこちらを向くと、首をかしげた。

「それらしきものを始めたのは戦後少ししてからだから、七十年近くになるわね」

「そんなに長く？」

「今の内装になったのは昭和三十九年だから……それからでも五十年以上経つわ」

「じゃあ、うちの母が生まれる前から」

「登代子さんが生まれたのは改装の二年後だったわね。よく覚えているわ」そんな昔のこと、想像もできないな。「加奈さん、ってお呼びしてもいいかしら」

はいとうなずくと彼女は続けた。

「あなたも小学生くらいのころはツミちゃん……いいえ、ツミさんに連れられて、よくここに来ていたわよね」

おばあちゃんを〝ちゃん〟付けするなんてすごい。そういえば祖母と訪れたことがあったかも。今まで忘れていたので、言い訳めいたセリフを吐く。

「あたし、中学から部活が忙しくなって、おばあちゃんと出かけることもなくなってしまって」

ハツ子は小さくうなずく。

「ツミさん、『子供はすぐに大きくなって自分の世界を持つようになる。それはすばらしいことだから、年寄りは邪魔しちゃいけない』ってよく言っていたわ」

祖母はさばさばしていて〝去る者は追わず〟みたいなところがあったけれど、そんなふうにきちんと孫のことを考えてくれていたのか。あたしはおばあちゃんのこと、よく知らなかったかもしれない。

「おばあちゃんって若いころ、どんな人だったんですか」

ハツ子は断言するように言った。

「一言でいうと、さっぱりした性格で、細やかな心遣いのできる子だったわ」

ハヤテがぼそりと口を挟む。

「それは、一言ではなくふたことでは？」

ハツ子は唇を尖らせた。

「まとめて一言なの。ハヤテさんはそういうところがモテない要因だと思うわ」

ハヤテは微かに肩をすくめるのみ。

孫なのに〝さん〟付けなのね。店員さんだから？　いい関係だな。

ハツ子は笑顔を加奈に向けた。

「ツミさんはこの近所で生まれ育ったのよ。お父さんが太平洋戦争で亡くなってしまってねえ。終戦のときに彼女はまだ七歳で、おうちは経済的にも大変だったけれど、働きに出たお母さんを支えて小さな妹と弟の面倒をきちんとみていたわ」

ぜんぜん知らなかった。

「この近くに『恵みの園《その》』という戦争孤児のための施設があったのだけど、そこに引き取られた子たちとも仲良くしていたわ。彼女、身寄りのない子をさりげなく励ますのが上手で、小さい子から慕われていたのよ」

「そう、だったんですね」

祖母をよく知る老店主は思い出すように上方を見やった。

「ツミさん、よく言っていたわ。『元気はタダよ。お金なんかなくたって元気はいくらでも持てるのよ』って」

ずうんと重い塊を、胸のうちに感じた。

「もっとも」彼女は快活に笑った。「お腹が空いていたら元気を出すのも大変だから、食べるものを買えるくらいのお金はあったほうがいいですけどね」

加奈は急に、この優しそうな老店主に告白してしまいたくなった。

「実はさっき、お腹が空いていたせいか母に冷たいこと言ってしまって」

ハツ子は、あら、というように微笑む。その笑みに励まされ、加奈は続けた。

「ナポリタンを作ってくれたんですけど、すごく野暮ったくて、それで」

「野暮ったい？」

「まるでうどんみたいだったんです。パスタってコシがあるものでしょ。母の作るナポリタンは麺がのびてるっていうか」

気持ちが昂《たかぶ》り、いろいろ打ち明けてしまう。大学で派手なグループに所属してしまったこと、そのグループにいるためにはお金が必要でメイドカフェのバイトを始めたこと、律人のこと、投資のことも余さず話した。

ハツ子は隣に座り、穏やかな佇まいで聞いている。その面《おもて》はマリアさまみたいに慈悲深く見えて、加奈は、心の中に溜まっていた澱《おり》をすべて吐き出した。

「なんか、疲れちゃいました。あたし、いったいなにをしているんでしょうね」

ハツ子の手が加奈の背中にそっと触れた。あたたかい。そういえば子供のころ、母がよく背中をさすってくれたっけ。こんなぬくもり、いったいいつ以来だろう。どうして大きくなると誰も背中をさすってくれなくなるんだろう……

ハツ子はぽんぽん、と背中を柔らかく叩いたあと、加奈の顔を覗き込んで微笑み、顔を上げた。

「ハヤテさん。ナポリタンを作ってちょうだい。二番目の引き出しにあるレシピでね」

彼はうなずくと、キッチン内の引き出しから古びたノートを取り出した。店のオリジナルメニューでも書かれているのかもしれない。

ハツ子はゆったりと動いて大時計のほうに行く。

「ちょっとレコードでも聞きましょうか」

時計の隣にある小さな棚の前に立った。上に載っている家庭用プリンタ大の箱の蓋をあけると、それはポータブル蓄音機《ちくおんき》だった。ユーチューブでしか見たことないな。どんな音を出すんだろう。

棚の引き出しから出された黒い円盤が台の上に置かれた。ハツ子は元気よくレバーを回し、針をそっと操作する。

独特のジジ、という音のあとにメロウな音楽が流れてきた。すぐに歌が始まる。けだるい女性の声で、日本語だ。

好きな男性がささやくのは本当の愛なのだろうか、その愛を信じたいけれど……といった内容が甘やかに歌われる。優しい間奏が入り、二番は英語の歌詞。ハスキーな低い声がなんともロマンティックだ。明るい曲調だが、なんだか哀しくなった。

英語で〝もしフラれちゃったら死んじゃう〟というフレーズがあった。そんな恋愛はまだ経験がない。そもそも、あたしは律人のことが好きなのかもわからない……

「『嘘は罪』っていうのよ。あなたのおばあちゃん、これを聞いてよく笑いながら言っていたわ」

――あたしの名前はツミだけど、嘘はつかないわよ

嘘は罪、か。

短い曲はすぐに終わった。

「もう一回、かけてもらってもいいですか」

ハツ子は微笑んで、再び蓄音機を回す。

ハヤテがフライパンを火にかけた。ジュウジュウという音とレコードの音が重なる。

ふいに大時計が時を告げた。

時刻はちょうどを示していないのに、何度も鐘が鳴っている。古そうな時計だから壊れているのかしら。

文字盤をぼんやり見つめていると、針が突然ぐにゃりと曲がった。

おかしい。必死に目をこらすが、頭がぼうっとしてくる。

調理音とレコードの音と、時計の間延びしたような〝ボウワワァ〜〜ン〟という夢見心地の響きが相まって店内に充満し、加奈は眠くてしかたなくなる。ああ、目を、開けて

いられない……

加奈はカウンターに突っ伏してしまった。

ざわざわという人の声に、ようやく目を開ける。

いやだ、喫茶店で寝ちゃったのね。

顔を上げると、店が急に混んでいた。一瞬だけ目を閉じたくらいだと思っていたのに、長時間寝ていたのか。恥ずかしい。

なんだか、店内がケムたい。

はっと頭が冴える。大テーブルの男性客たちはタバコを吸っていた。今どき禁煙じゃないなんて。

「ハツ子さん、おあいそ！」

大テーブルにいた中年男性の一人が勢いよく叫んだ。すぐに、顎くらいまでの黒々としたウェーブヘアの女性が出てきて答えた。

「コーヒー五杯で、千五百円です」

男は分厚い長財布を出すと、一万円札を二枚取り出す。

「ハツ子さん、おつりはチップに」

……この女性もハツ子さん？　五、六十代にしか見えないから別の人だろう。彼女もメイドエプロンをつけている。お店だから同じものを着ていても不思議ではないけれど、なんだか雰囲気がそっくりだ。

その女性が深々と頭を下げた。

「いつもありがとうございます。交通遺児育英会に寄付させてもらいます」

「そう言うと思ったからさ～」二枚のうち一枚を小さく畳んで渡す。「こっちは本当にチップにしてよ。好きなもの買ったらいいんだ」

五十代くらいの男性は少し酔っているのだろうか、顔が赤い。連れの男性も全員スーツ姿で、顔が赤らんでいる。土曜日なので仕事が終わって昼食時に飲んで、その後にコーヒーを飲みに《喫茶おおどけい》へやってきたのかもしれない。

加奈は改めて店内を見回した。

さっきと雰囲気が違う。

どれくらい寝ていたんだろう。大時計を見るが、店に入ってきた時刻より前になっている気がする。やっぱり壊れちゃっているのね。

携帯を取り出そうとパンツのポケットに手を入れようとして、慌てる。

ない。

そもそも服が違う。グレーのパーカーとカーゴパンツを着ていたのに、肩パッド付きの真っ赤なニットと、裾の広がった黒のブーツカットパンツに着替えている。そして、隣の椅子にはヴィトンのバッグ。手ぶらで来たはずなのに。

いったいどうなってるの？　携帯はどこ？

息が荒くなり、パニックを起こしそうになる。

落ち着け。これは夢かもしれない。このごろよく眠れていなかったから、こんなところで白昼夢《はくちゅうむ》を見ているのかも。だがしかし、ざわめきも煙いにおいも、妙な熱気もすべてがやけにリアルだ……

「え～、そうなんだ。披露宴続きだと、金欠よね～」

「そうそう。自分のときのための投資みたいなものだけど、ホント辛いわ」

〝投資〟の言葉に、加奈はちらりと後方を見た。

すぐ後ろの二人掛けソファのある席で三十歳前後の女性三人組が話している。

「あたしの披露宴ではお色直し三回はしたいのよね」

「彼氏、証券会社にお勤めで稼いでいるんでしょ。何回でもやらせてもらえばいいじゃない。ところで、やっぱり今は株が一番稼げるのかしら」

「そうよ。有望株はどんどん値上がりしているって」

こんな女性たちも投資の話をするのね。加奈は会話を盗み聞きする。

今はゴルフ会員権もいいらしい。ゴルフしないのに？　ちょっとの間持っていて、値上がりしたらすぐに売ればいいのよ。でも、やっぱり不動産じゃない？　額が大きすぎるよ、借り入れ起こさないと買えないでしょ。今は銀行も、あたしたちみたいなＯＬにも貸してくれるらしいわ……

超一流企業に勤めているのだろうか。みんなお金を持っているんだなあ。しかし、ＯＬって言葉は古い。それに、チラリと見た彼女たちのスタイルは笑ってしまう。原色のブラウスやニットには肩パッドが付いていて、前髪やサイドをこれでもかとカールさせた髪型で、メイクも濃い。一時期流行《はや》った、お笑い芸人の〝バブリー〟な格好にそっくりだ。

「悪い。もうちょっと待っててな」

カウンター内の男性が加奈に向かってにかりと笑った。なにげなくうなずいてから、思わず見直す。ハヤテさんではない。

四十代から五十代くらいの細身の彼は、髪にちりちりのパーマをかけ、眉が細く切れ長の目だ。しかめ面を汗だくにして調理している。

さっきはこんな人いなかった。いつの間に？

加奈は深呼吸を繰り返し、自分の胸に両手を置いた。夢だ。これは夢ってことにしておこう。そう思わないと、おかしくなりそう……

彼は焼き上がったハンバーグを手際よく三つの皿に載せ、ソースを丁寧にかけると、カウンターに置いた。

「お待たせ」言いながら出てきて、皿を運ぶ。「おおどけい特製ハンバーグです」

三人組が座るソファテーブルに皿を置くのを、加奈は振り返って見つめた。

真っ赤なブラウスの女性がさっそくナイフとフォークを持ち、彼に話しかける。

「文治《ぶんじ》さん、今日は家具職人じゃなくてコックなの？」

文治と呼ばれた彼は肩をすくめる。

「客で来たんだが、アルバイトの学生が風邪だそうで臨時の手伝いだ。ものすごく久々で、戸惑うぜ」

客と親しげな様子なので、彼は以前に店を手伝っていたのだろう。

「ブンちゃん、ニュース見た？」コバルトブルーのニットの女性がハンバーグを口に運びながら興奮気味に言う。「五十三億ですってよ。花の絵に」

「ゴッホの『ひまわり』だろ。仰天だぜ、まったく」

「イギリスの伝統あるオークションで、日本企業が絵画史上最高額で競り落とすなんてかっこいいわねえ」

「でもテレビで見たけど、ひまわりが何本か花瓶に活けられているだけの絵よ。私でも描けそうって思っちゃった」

「わかる！」

三人目の、前髪とサイドを派手にカールさせ、ショッキングピンクのジャケットを着た女性が大きくうなずいた。赤いブラウスの女性はにんまり笑う。

「でも、実物は見てみたいわ。どこの美術館に展示されるのかしら。大きな絵なのかな」

「ミーハーねえ」

「新しいものはチェックしとかないとね」

「確か新宿って噂だぜ」

「あら、近い。あたしも見にいくわ」

加奈は、中学の夏休みの自由研究で『ひまわり』を見ていた。〝都内の美術館を訪ねて調べる〟という課題だったので近場の美術館を選んだのだ。ガラス越しに見た高額の絵は思ったより小さくて、拍子抜けしたことを思い出す。

絵を買ったのは昭和のバブル期のはずだ。これは、そのころの夢なのかな。

文治は腰に手を当て、陽気に言った。

「俺が作る椅子にも、もっと高値がついてもいいんだがなあ」

さきほどの黒髪の〝ハツ子〟がやってきて、断固とした口調で言った。

「文ちゃんの家具は、お金では測れないほどの価値があるのよ」

「さすがハツ子さん。いいこと言うぜ」

文治は顔中をシワだらけにして少年みたいにくしゃりと笑った。なんだかかわいらしい。

彼は汗をタオルでぬぐいながら、ふいにこちらを見た。

「お腹空いたろ。お昼食べるときにお母さんとケンカしてうちを飛び出してきたって言ってたもんな。一段落したから作ってやるよ、トヨコちゃん。なに食べる？」

登代子ちゃん？

それは母の名前だ。でも明らかにあたしに向かって話している。

「と言ってもパン類は売り切れ。ハンバーグも。ピラフも。あ、スパゲッティなら大丈夫だぞ。ナポリタン、好きだよな」

彼が力強く言ったので、小さくうなずく。

「ちょっと待ってろ」

さっきハヤテさんがナポリタンを作り始めていたが、あたしはそれが出てこないうちに寝てしまったんだっけ。

男性は玉ねぎやピーマンを刻みながら、ぱっと明るい顔を見せる。

「思いついた！」

フライパンを熱し、まずは玉ねぎを炒めだした。柔らかくなると取り出し、次にソーセージを炒める。また取り出してピーマン投入。ナポリタンってバラバラに炒めるものだっけ？

ピーマンも出すとフライパンを少し冷まし、いきなりケチャップとソースとなにかの調味料を入れた。再び火がつけられ、それらがチリチリと反応する。いい香りが鼻を刺激した。そこに茹《ゆ》でたパスタを投入し、文治は勢いよく炒めだした。麺がケチャップ色に染まっていく。なぜだろう、ワクワクする。

麺がすっかりオレンジになると、彼は皿に菜箸で器用に盛り付けていった。

「これでどうだ！」

加奈の前に、でんと皿が置かれた。

大皿に盛られたナポリタンなのだが、麺が一口大にくるりとまあるく小分けされたものが六個ほどあり、それぞれの塊の中央に輪切りソーセージと飴色《あめいろ》の玉ねぎがこんもり載せられている。パスタの周りの皿上には、ピーマンの細切りがあちこちに散らされていた。

「名付けて『五十三億円のナポリタン』だ！」

「いいわねえ」ハツ子が元気よくうなずいた。「麺が花びら、ソーセージや玉ねぎが中央の種の部分、ピーマンは葉っぱや茎《くき》ね」

加奈は、意外にも感動を覚えていた。

子供騙しみたいな盛り付けだが、なんだかとっても美味しそうだ。麺が置かれているバランスがきれいで、ひまわりの花束のように見える。

「このあいだ、喫茶店は日本全国に十六万軒あまりあるってニュースでやっていたんだ」

文治は得意そうに続けた。

喫茶店が毎日ナポリタンを二食売る。仮にこの店の値段の六百四十円で計算すると、一日に千二百八十円。週一回休日として一ヶ月二十六日で三万三千二百八十円。その十六万軒分は……

「見ろ、五十三億あまり。喫茶店で一ヶ月ナポリタンを売れば、オークションの絵画が買えるぞ」

「無茶苦茶な計算だけれど」ハツ子は目を輝かせた。「日本の喫茶店店主の熱い想いの集まりだとしたら、妥当な値段かもしれないわ」

加奈は盛り付けに感動していたので、思わず力強く言った。

「それに、すごく食べたくなるような見た目です」

彼はにかりと笑ってフォークをこちらに差し向けた。

「だろ？」

受け取ったフォークを手前の小山の真ん中に突き刺してみる。くるくる回すと、簡単に一山が持ち上げられた。ふわりと湯気が立ったので少し息を吹きかけたのち、思い切り口を開けてそろそろと食べた。

甘酸っぱくて、なぜか懐かしいと思えるような味が口内に広がった。ゆっくりと咀嚼《そしやく》し、もちもちと柔らかい、ケチャップがたっぷり染みた麺を堪能する。

「……美味しい！」

思わず小さく叫ぶと、文治が得意げに手でピースを作った。

高級レストランで食べたアルデンテの食感ではないが、うどんともまた違う優しい嚙み応え。それが〝スパゲッティ・ナポリタン〟の醍醐味《だいごみ》だったっけ。

玉ねぎの甘み、ソーセージの香ばしさ、そしてピーマンの微かな苦み、それらが麺に絡みつき、口内はまるで一面に広がるひまわり畑のように、幸せな空間に変貌していく。

胸がきゅんと熱くなった。小さいころこれが大好きで、よく母に作ってもらったことを想い出す……

加奈が夢中で食べていると、文治は嬉しそうに言った。

「ハツ子さんの作っているのを見よう見まねで覚えただけだが、味にはけっこう自信がある」そしてすました顔を作る。「模倣は、創作の第一歩だしな」

ハツ子が大きくうなずいた。

「有名な家具職人さんが言うと含蓄のある言葉に聞こえるわねえ」

「茶化さないでくださいよ、ハツ子さん」とたんに照れくさそうな表情になる。「俺も必死に親方の仕事を見て覚えたくちだし」

このおじさんはきっと一流の職人なのだろう。口調は荒いが、手先はとても器用そうだ。

ハツ子は顎を引いた。

「日本は昔から、中国や他の国の文化を上手に取り入れてきたと思うわ。例えば、音楽も」蓄音機のほうへ進む。「ジャズはアメリカから入ってきたけれど、上手くアレンジされてステキな和製ジャズがたくさんできたのよね」

「なにか聞きたくなったな。レコードかけてよ、ハツ子さん」

ハツ子は引き出しを探ってレコードを取り出す。

「さっき絵画の話が出たから、画家の娘さんが歌っているものをかけようかしら」

すぐに、けだるい雰囲気の前奏が流れ、続いて歌が始まる。

「東郷《とうごう》たまみさん。東郷青児《せいじ》のお嬢さんで、甘い歌が得意だったわ」

さきほどの『嘘は罪』だ。東郷青児は有名な画家だったはず。その娘さんが歌っていたのか。そういえば、『ひまわり』が飾られているのも東郷青児記念なんとか……って名前の美術館だったはず。

加奈はナポリタンをフォークでゆっくり巻きつけながら、艶のある歌声を堪能した。

嘘は罪。

その通りだ。律人は結局、嘘だらけの人だった。あたしは体《てい》よく騙されていた。お金に固執したから……

自分の愚かさに悲しくなり、涙をこらえてナポリタンを口に入れる。素朴で優しい味が、ちょっとだけ胸の痛みを緩和してくれるような気がした。

曲が終わり、ハツ子は加奈のすぐ脇に立った。

「この曲は全米で大ヒットしたの。パティ・ペイジという女性やジャズグループなどが歌っていたけれど、私は、東郷さんの歌声が好き。けだるさや切なさをより感じられるから」

「こういう歌詞は日本人のほうがしみじみとしちまうのかもしれないな」文治が少し神妙に言う。「捨てられたら死んじゃう、なんて歌詞は演歌みたいだ」

「なるほど、日本の文化に合致したのかもしれないわね」

「それを言ったら、ナポリタンだって日本の文化の象徴みたいなもんだ」

「日本の文化？」

加奈が何口目かのスパゲッティをほおばりながら言うと、ハツ子がうなずいた。

「スパゲッティ・ナポリタンは日本生まれなのよ」

「聞いたことあります。イタリアにはそういうメニューはないって」

「ナポリタンの発祥は諸説あるのだけれど、私の従兄《いとこ》が菓子職人として勤めていた横浜《よこはま》の老舗ホテルのシェフが考案した、という説が根強いそうよ。戦後にＧＨＱ……ってわかるかしら、アメリカの軍が日本を統治していた時期があるのだけれど」

「学校で習ったから、知ってます」

「昭和ももう六十二年にもなっているのだから」ハツ子は優しく微笑んだ。「戦争前後は、授業で教わる歴史なのね」

昭和六十二年。

この夢はその時代なのだろう。ええと昭和六十四年が平成元年で、西暦で一九八九年。

その年の十二月に株価がめちゃくちゃ高くなったと受験勉強で覚えた。つまり、この夢は一九八七年で、いわゆるバブル経済がどんどん膨らんでいるころだ。

「ホテルのシェフは、米兵たちが塩、胡椒《こしょう》、トマトケチャップのみでスパゲッティを食べていることを知って、それだけでは味気ないし栄養価も心もとないのでホテルで提供するにふさわしいスパゲッティを作ろう、と苦心して改良した結果、ナポリタンが生まれたんだそうよ」

「へえ、そうなんですね」

「だからナポリタンは、日本人がずっと受け継いできたおもてなしの文化の象徴ともいえるわね」

おもてなし、か。

ふと、祖母が飾ってくれていた花を思い出した。さりげないけれど、小さな清涼剤だった勉強机の一輪の花。

母がいつも食卓に置く花も、ちょっとした癒しになった。

なのに、あたしはいつの間にかそういうものを否定していた……

文治がエプロンを外しながら出てきて、加奈の隣に座った。

「ハツ子さんは一貫して人をもてなそうと頑張ってきたよな。困っていそうな人がいるとわざわざ声をかけて支えになったたし。戦争中に結婚して出産もして、戦後は自分の子だけじゃなくて、俺みたいに身寄りがなくなった子供まで面倒みてさ」

加奈は改めて眼前のハツ子を見つめた。

小柄な女性の穏やかな佇まいからは、戦争を潜り抜けてきた苦労はカケラも見えない。

そのハツ子が、しみじみと言った。

「いい時代になったものねえ。なにしろ五十三億円の買い物をぽんっとできるのだから。日本は豊かな国の仲間入りね」

「それは悪いことじゃないが、どうなのかねえ」文治が腕をさすりながら言った。「俺はなんだか恐いや。みんなが浮かれていてさ」

さっきのサラリーマン風のお客さんたちの熱気を思い起こす。楽しそうだったけれど、どこか浮かれすぎているようにも感じられた。ソファに座る女性たちも奇妙な活気を帯びている。恐いものなんてない、前に突き進むだけ、明日は今日より豊かだ……そんなふうに熱狂している人々。

律人の熱を帯びた視線を思い出して、背筋がぞくりとした。

似ている。さっきのサラリーマンたちと。

ハツ子は文治に向かって言った。

「〝豊かさ〟は、日本古来のおもてなしの精神を守る、ってことなんだと思う。そういうものはお金では得られないわ。〝良いものを代々受け継いでいく〟という、豊かな気持ちを忘れないようにしなくてはね」

豊かな気持ち。

良いものを受け継いでいく。

それは、お金では得られない……

加奈は皿に残った最後のスパゲッティをフォークでくるくる丸めて、ひとつにした。ゆっくりとすくい上げ、口に運ぶ。

じんわりと胃の腑におもてなしの心が染みたような気がした。

「そういや、登代子ちゃんのお母さんもこれを上手に作っていたよな」

「えっ？」

母の母、つまり祖母のツミのことだ。去年の葬儀の際に、おばあちゃんは昭和十三年生まれだったと聞いた。この夢の中が昭和六十二年なら、おばあちゃんは五十歳前で、母は……二十歳くらいか。

ふと、映像が頭に浮かぶ。今の加奈の格好をした若き母が家の台所で、割烹着《かっぽうぎ》を着た中年女性に文句を言っている。

——お母さんの料理は古いのよ。こんなの、スパゲッティじゃない！　みんなもっとお洒落《しゃれ》なものを食べているの。私はお金持ちになって、幸せになってみせるから！

若き母はヴィトンのバッグを手に、家を飛び出した……

加奈は思わず微笑んだ。

なあんだ、お母さんもあたしとおんなじようなことしてた時代があったのね。

ふいに大時計が、店内に低く響き渡るような鐘の音を鳴らした。さっきもこんな音がしたっけ。なんだか優しげな音色だ。包まれているような幸せな気持ちになって、また眠気が襲ってきた……。


「お待たせいたしました」

顔を上げると、文治ではなくハヤテが、カウンターに皿を置いたところだった。

さきほど見た、ひまわりを模したナポリタンが置かれている。

さっき食べたはずなのに、お腹がぐう、と鳴った。

……あれは、やっぱり、夢？

服はもとに戻っていた。携帯もポケットに。店内も、入ってきたときと同じ雰囲気だ。

ほっとすると同時に、なぜか残念な気持ちになる。

ハツ子がニコニコとこちらを見つめているので、「今、おかしなことがおきました！」と言いそびれてしまった。

やっぱり、夢だったのよ。それ以外に考えられない。

「これ、『五十三億円のナポリタン』っていうのよ。新宿の美術館にある絵を模したものなの」

加奈はまじまじと皿を見つめた。さきほどと同様、パスタが花のように絶妙のバランスをもって美しく盛られている。

加奈は手を合わせ、改めてナポリタンを味わった。

もちもちした触感。あたたかくて、しっとりしている。お母さんが出してくれたのと同じ味。

ああ、ナポリタンって、こんな優しい味だった。

すべてたいらげ、皿にオレンジ色の跡だけが残った。

「ごちそうさまです。とっても美味しかったです」

「よかったこと」

ハツ子が柔らかく微笑んだ。

空の皿を見つめ、加奈は思った。ナポリタンはきっと、日本中の喫茶店やレストランやそれぞれの家庭の、思いやりが籠《こも》った逸品なのだろう。

そういったものはお金には換算できない。でも、とても大事なものだ。

若かりし頃の母も祖母の思いやりをはねつけたことがあった。そしてそんなとき、ハツ子さんや文治さんのおかげで、お金では得られない〝豊かさ〟に気づいた……

家でのことを思い起こす。

服装に構わず、手をあかぎれだらけにして、仕事帰りで疲れていただろうに自分のために急いで料理してくれた。そんな母の思いやりを、自分ははねつけてしまった。きっとイライラしていたせいで、美味しくないと感じただけなのに。

加奈は、自分が情けなくなった。

「あたし……バカみたいですね。なにをやっているんだろう」

「みんな、だいたいそんなものよ」

ハツ子が断言したので、加奈ははっとする。

「みんな、『自分はバカみたいだ』って思いながらも、試行錯誤しながら生きていくの。人間なんてそんなもの。周囲の人々への思いやりさえ忘れなければ、少々バカなことをしても大丈夫なのよ」

バカなことをしても大丈夫……

稼いだバイト代を怪しい投資につぎ込んでしまったのはバカなことだった。でも、桜子を巻き込んだり、これ以上バカなことをしたりしなければいいんだ。

また地道に稼ごう。自分を高めることは悪いことじゃない。ただ、どう高めるかが大事だ。表面の華やかさだけに惑わされず、お金では得られないものにも目を向けなければ。

「加奈さん。歴史保存会のことを引き受けてくださってありがとうね」

ハツ子に改めて言われ、恥ずかしくなる。

「ツミさんや、他のメンバーがこの街で頑張っていたことが少しでも受け継がれること、それが、どんな企画の発信よりも大切だと私は思っていますから、堅苦しく考えずに続けてくださると嬉しいわ」

加奈は大きくうなずいていた。五十三億円分……というのも大げさだけど、この街のいろんな人が頑張ってきたたくさんのことを、なんらかの形で残していけたらいいな。

そんな心持ちになる。

「ごちそうさまでした。あの、電子マネーは使えますか」

「ごめんなさい、うちは現金のみなの。今日はご馳走するわよ」

「いいえ、次回必ず持ってきます。ちゃんとお支払いさせてください」

携帯が震えた。律人からだ。内容は察しがつくので無視する。

「お金は、本当の豊かさのために使うことにします」

ハツ子が福々しい笑みを見せた。

「お支払いはともかく、またいらしてね」

「はい、また食べにきます」加奈は今日初めてにっこり笑った。「ハヤテさん、次回の集まりまでに企画案を考えてきますね」

「ありがたいです。お願いします」

ハヤテが出口まで見送ってくれた。

「会合以外でも、お気が向いたらぜひまたどうぞ」

加奈は大きくうなずき、店を出る前に大時計を見つめた。

大きな振り子はゆったりと動いていた。頑張って、と言ってくれているみたいに。

企画立案

六月初旬、歴史保存会の三十周年記念プロジェクトメンバーによる二回目の会合が開催された。ハヤテが四人の出席者にアイスコーヒーを出すと、藤代加奈は元気よく言った。

「なんか蒸し暑いですけど、頑張りましょう！」

四月中旬に一人でやってきたときの彼女は暗い顔をしていたけれど、今日はとても明るいな、とハヤテは安堵《あんど》した。

あの日、大時計が不思議な鐘の音を鳴らし、彼女は昭和六十二年に飛んだ。

飛んだ……という表現が正しいのかわからない。だが、この店ではときおり、そういうことが起きる。

なぜかはさっぱりわからない。

この店が始まったときから置かれている大時計のせいかもしれない。辛い悩みを抱えた人がこの店を訪れると、時計がいつもとは異なる鐘の音を鳴らし、その人は昭和時代の店にさかのぼる。

そしてハヤテは、なぜかその光景を〝見る〟というか〝感じる〟ことができるのだ。ハツ子がその場にいても過去の光景は見えないという。彼女が実際にいた昭和時代にさかのぼるのだから見えなくてもいいのだろうが、いつも「ハヤテさんばかり、ずるい。私も見てみたいわ」と言う。

お客さんはなぜ過去に戻るのか、なぜハヤテにそれが見えるのか、原理は不明だし今もまだ半分くらい信じられないが、かつて自分自身も過去へ戻って別の人物になった経験をしたので、それはそういうことなのだと割り切るようにしている。

大手商社勤務の小暮壮次郎が、わざとらしく全員を見回して不満げに言った。

「会長の娘さんはまた欠席か」ふんと鼻を鳴らす。「フリーのライターだか知らないが、いい加減な人だな」

「じゃあ、どんどん決めていっちゃいましょ。ね、司会のハヤテさん」

加奈が明るく言ったので、ハヤテはしぶしぶうなずく。ええと、進行係は司会もしないといけないのかな。そういうのは苦手なんだが。

加奈は元気よく手を上げ、発言した。

「あたしは、保存会のもともとのメンバーの方々、つまり人物に焦点を当てたらいいんじゃないかと思います。思い入れのある場所や、品物について語ってもらうのはどうでしょう」

小暮が即座に反論する。

「人に焦点を当てると、個人情報に関わるんじゃないかね。あとあとトラブルになったりしないかねえ」

「歴史って、人の気持ちの積み重ねじゃないですか。だから、そういうところをクローズアップしたいんです」

小暮はやれやれ、とでもいうように小さく肩をすくめた。

「気持ちの積み重ね、って言葉はカッコいいが、抽象的すぎるよね。もっと具体的な企画じゃないとねえ」

加奈はむっとしたように言い返す。

「じゃあ、小暮さんはどんな企画がいいんですか」

「いや、まだいろいろ検討していてね。これ、と推せるものは決まっていないな」

他からも意見は出なかった。ハヤテは仄《ほの》かな頭痛を覚えつつ、言った。

「内容はもう少し話し合うとして、発表方法についてアイデアはありませんか」

小暮が場を仕切るように話す。

「冊子の作成と、区の施設を借りて展示会をするのでいいんじゃないかね。これまでもそういうことをしてきたようだし、三十周年記念といったって、あまり突飛なことをするべきではない」

加奈が不満そうに頬を膨らませたが、黙ったままだ。

初会合で元気だったアジアン雑貨店の臼井麻美に意見を求めると、「まあ、無難な方法のほうが失敗は少なそうですね」とぼんやり答える。

ハヤテは牛窪直樹にも尋ねた。消極的な雰囲気の青年は引《ひ》き攣《つ》った笑みで答える。

「ええと、あんま、考えてこなくて」

「おいおい、大丈夫かい」小暮は深刻そうに眉根を寄せた。「君は会社では営業だったはずだが、そんなんで仕事務まってるの？」

青年は慌てたような表情を浮かべたのち、なぜかふにゃっと笑った。

「まあ、あんまり……」

間の抜けた笑みに苛立った様子の小暮がなにか言おうとしたとき、「ごめんなさ〜い、遅くなって！」と、店主のハツ子が突風のように入口から入ってきた。

「しず江さんからの差し入れよ」踊るようなステップですいすいやってくると、紙袋を掲げる。「金沢《かなざわ》のお菓子『柴舟《しばふね》』。美味しいわよ〜。日本茶淹《い》れましょうか」

「ここは洋風の喫茶店でしょう。日本茶なんてあるんですか」

小暮が訝《いぶか》しげに言うと、ハツ子はふふふと笑った。

「柔軟性重視のお店なので、なんでもありなの。ハヤテさん、緑茶を淹れてくださいな」

司会役を逃れられるならなんでもしたい気分だったので、ハヤテはそそくさと厨房に入った。

じっくりと日本茶を淹れ、和菓子とともに提供する。

金沢銘菓《めいか》のおかげで場の空気が和み、ハヤテはほっとした。さすがハツ子さん、絶妙のタイミングで入ってきてくれてよかった。あのまま小暮さんが暴走したら、気まずいことになっていただろう。

会はなんら進展を見せないまま終了した。

相変わらず前途多難の様相だが、おばあちゃんが「なんとかなる」と言ったんだから、それを信じるしかない。

モーニングセットを真夜中に

「訴えられた？　私が、ですか」

小暮壮次郎《こぐれそうじろう》は思わず大声を出してしまった。

小会議室のテーブルの向こう側に座る佐奇森良子《さきもりりょうこ》人事課課長は、洒落たフレームの老眼鏡をかけて書類を広げると毅然とした口調で答えた。

「小暮部長の部下の木下翔太《きのしたしょうた》さんから、パワハラによる被害の届け出がありました」

「そんなはずはない。あいつ……いや彼のことはとてもかわいがっています」

佐奇森課長は冷ややかな表情で言い放った。

「その〝かわいがり〟が、パワハラだったんじゃないですか？」手元の用紙に視線を落とす。「今年の初めから先週までの約四ヶ月の記録によれば……」

『バカ』と言われたのが二十八回、『クズ』は十二回、『のろま』八回、『おーい、俺の話を聞いてますか～（ばかにしたような口調）』四回、『こんなやり方をするなんて、アホかお前は』三回……

「会話の流れで言っているだけですよ。断じてパワハラではない」

小暮が経年と運動不足で突き出た腹の上で手を組み余裕を見せようと努めると、彼女はメガネを少し下にずらして、冷たい視線をよこしてきた。

「二年前の五月、あなたの部に配属された新入社員の彼は、さきほどのような言葉を継続的に、数限りなく浴びせられてきたそうです。消しゴムを当てられたことも七、八回。足を蹴るようなそぶりはしょっちゅうで、一度など彼が座っていたデスクの脚を蹴られ、恐怖を覚えたそうよ」

「消しゴムはイラついてデスクの上に投げているだけだ。方向を誤って彼のところに飛んだこともあったかもしれないが、わざとじゃない。足も、本気で蹴るつもりなど毛頭ない。勢いあまってデスクにぶつかってしまっただけです」

「他にも、書類の提出が遅いことをなじられたので『見出しがわかりやすくなるよう工夫していた』と説明したら、『定型文もろくに書けないくせに余計なアレンジなんぞいらねえ。決められたとおりにやりゃいいんだ。使えねえ奴だな』と怒鳴られ、あげく、彼が修正して持っていった書類にコーヒーをこぼされたとか」

「ヘタな言い訳をするから怒ったんだ。それに、コーヒーはたまたまこぼれたんですよ」

「木下さんは小暮部長の言動に耐えられず、不眠、食欲不振、身体中の発疹《ほっしん》などの体調不良が続き、医者から鬱病《うつびょう》と診断されました」

「病気が私のせいだと？　パワハラなんてしていませんよ、本当に」

「消しゴムをぶつけるなんて、紛れもないパワハラです」彼女の声は低く、鋭かった。

「そもそも、本人がパワハラされたと感じた時点でアウトですよ。今年度の初めの人事説明会でも細かく通達が出ていたはずですが」

「彼は一度も不満そうなそぶりは見せなかったし、私が声をかけると嬉しそうにうなずいていました。それを、なぜこんな急に」

「小暮くん」佐奇森課長はうんざりした口調で言った。「彼は約二年もあなたの傍若無人《ぼうじやくぶじん》ぶりに耐え続けて、ついに病んでしまった、ということなのよ」

「佐奇森」小暮は同期入社の女性を凝視した。「だが、俺は何十年もこのやり方でやってきた。会社もそれを認めたから、第二営業部の部長になったんだろ」

佐奇森はため息をつくと、強く言い返す。

「そうよ、あなたは部長ね。私は小暮くんよりも何倍も周囲に気を配って、何倍も勉強して常に情報のインプットに努めて、時代の流れを柔軟な発想で見つめるよう努力してきたけれど、まだ課長だわ」彼女は一瞬だけ怒りの表情を見せた。「むろん、それは小暮くんが優秀で私がそうじゃなかったからかもしれないので文句は言わない。でもひとつだけ確かなのは、三十年前に新卒だった昭和六十一年当時から、あなたはまったく変わっていないってこと」

同期の才女の思わぬ発言に少し戸惑いながらも、反論を試みる。

「そうだよ。俺は変わらず必死に働いてきた。むろん佐奇森も優秀だと思う。俺たちのなかでも一番偏差値の高い大学を出て、英語はペラペラ、資格もいろいろ持っていた。だから俺も負けずに頑張ろうと思ったんだ。世の中がいまだに男中心に回っているのは、男のほうが体力があって長く働けるからだ。女は出産育児をしなきゃいけないからキャリアが中断するし、そこはしかたないじゃないか」

佐奇森はあきれたように口を開けたのち、それを閉じて冷笑を浮かべた。

「ごめんなさい、論点がずれたわね。今はあなたの処遇の話だった。木下さんがこれを裁判沙汰にするかどうかは、今後のあなたの対応にかかっています」

「……裁判？」

「今はまだ人事課に設置された『パワハラ等相談窓口』の中だけでの対応です。もっとも、今回のことは社内で共有されますから他部署のトップ全員が周知することになります」

「そんな！」

「聞き取り調査をしたあなたの部下数人も状況を察しています。口止めはしましたけど」

小暮の胃にずんと重いものが落ちる。

「会社としても大ごとにはしたくないはずだし、同期のよしみで少しだけ時間をあげる。でもあまり待てないわよ。すぐに木下さんに謝罪することをお勧めする」

小暮は顔を歪《ゆが》めた。

「俺が、あいつに謝罪……」

「左遷されてもいいの？　ちゃんと反省して」

佐奇森から逃げるように小会議室を出て、営業部の部屋に戻った。皆からの非難の視線を恐れたが、杞憂《きゆう》だった。誰もこちらを見ようとせず、小暮の存在は完全にないものとされていた。さっきまであたたかくて居心地のよかった自分の島が、急に極寒地に変わってしまったかのようだ。

体調不良で休んでいる木下のデスクには書類が雑多に積んであった。近づいて眺めると、コーヒーの染みがついた書類もそのままだ。

あいつを叱咤激励するために厳しく接しただけなのに、なぜこんなことに。俺のこれまでの功績が、すべて無に帰すことになりかねないぞ……。

小暮壮次郎は、順調な人生を送ってきたと思っていた。

父の日出夫《ひでお》は中野の小さな工務店で長年働いていた。壮次郎が生まれたころ店の業績は好調で、練馬《ねりま》に支店ができ、父は副支店長に抜擢《ばってき》された。店舗の裏にあった社員寮に住み、一歳年上の兄、幸太郎《こうたろう》とともに壮次郎はすくすくと育った。

小学校では野球小僧だった。もちろんジャイアンツファンで、王《おう》選手贔屓《びいき》だ。高校まで野球部に所属し、甲子園を目指すほどのチームではなかったものの、三番サードの壮次郎は都大会でちょっとだけ活躍した。

壮次郎が高校生のときに父が練馬支店長に就任する。それを機に店舗の近くに中古の一戸建て住宅を購入した。壮次郎は自分だけの部屋を与えられて大喜びした。一人部屋でしっかり勉強し、希望の大学にも合格した。

そのころ日本は高度成長期が成熟してきており、未来は明るいという雰囲気で満ちていた。壮次郎は大学で緩いスポーツサークルに入り、そこそこ楽しいキャンパスライフを送った。要領はよかったのでそつなく単位を取り、就職もスムーズに決まった。

新宿に本社を構える総合商社に入社したときにはバブル経済がピークに差し掛かっていて、会社の業績は天井知らずだった。

新卒時の直属の上司は元ラガーマンで、根性論が大好き。壮次郎は高校野球で鍛えた体力と精神力で上司のしごきに耐え、バリバリ働いた。飲みの誘いには快く応じ、土日のゴルフのお供も欠かさなかった。上司はそんな壮次郎に目をかけ、自分の出世とともに一緒に引っ張り上げてくれた。

活気に満ちた時代はやがて終焉《しゅうえん》を迎え、壮次郎が二十八歳で結婚したころにはバブルはすっかり崩壊し、会社のノルマも経費の削減も厳しくなっていった。そんな時期も耐え、ひたすら上司に従い、営業成績を伸ばして会社に貢献した。俺がこの会社をもっと大きくしてやる。日本社会だって背負ってやる。俺にはその力があるのだから。そんな信念をもって、がむしゃらに頑張った。

そして四年前、ついに部長になった。もう少し頑張ればさらなる上を目指せるかもしれない。壮次郎はますます張り切っていた。

……それなのに、あんなやつのせいで。

「くそっ」

小暮壮次郎は新宿西口の飲み屋街、通称〝しょんべん横町〟にある居酒屋で言葉を吐いた。カウンターしかない狭い店で、隣に座る若いカップルが訝しげにこちらを見てきたのでじろりと睨んでやる。男性のほうが彼女をかばうようにして「お会計お願いします」とカウンター内に声をかけ、無口な老齢の店主が応じた。

若い男性は去り際に声をかけてきた。

「おじさん、ちょっと飲み過ぎじゃないですか。気をつけてくださいね」

うるせえな。酒くらい好きに飲ませろよ。

店主は素知らぬ顔だ。なんだよ、こっちも客だぞ。他の客からいちゃもんつけられたんだから、俺をかばえよ。どいつもこいつも、俺のすることはみんな悪いってわけか。

壮次郎は気分がさらに悪くなり、何杯目かわからない焼酎ロックのグラスを空けると、立ち上がった。ふらつきつつ会計をして、店を出る。

木下に謝罪だと？　そんなことできるか。

気弱そうな細っちい部下の顔が浮かぶ。

小暮が理想の営業について熱く語るとすぐに感動するような純朴な青年だ。ちょっと頼りない雰囲気が親心をくすぐるというか、もっと指導してやりたいと思わせるようなタイプで、うまく育てれば優秀な営業員になるに違いないと、配属以来いつも目をかけてきた。

気が小さく、はっきりものを言えないために客を苛立たせてしまうことがある。ノーと言えずに安直に引き受け、あとで苦労することもしばしばだ。もっと自分をしっかりもって強くなってもらいたいと、壮次郎は厳しく接してきた。そして、あいつも懸命に俺についてこようとしていると感じていた。

こちらも人間だから頭にきて言葉遣いが荒くなったことはある。たまには怒鳴ったかもしれない。だが決してパワハラではない。いじめてなんかいない。あくまでも、彼のためを思ってやってきたことだ。

なのに、なんで俺が謝らなきゃいけない。これまでは会社も俺のやり方を認めてくれていたんじゃないのか。だから部長にまでなったんだろうに。

ＪＲ新宿駅の改札を通り、総武《そうぶ》線のホームに立つ。時刻は午後十一時すぎ。

ふと、胃が重くなった。

家族は誰も出迎えてくれやしないだろう。社会人一年目と大学三年の息子たちは、自室に籠って携帯かパソコンを眺めているに違いない。

妻もさっさと寝ているだろう。あんなに優しかったのに、今は……

人事部のマドンナと呼ばれていた妻は二歳年下で、少しすました感じのしゅっとした美人だった。同期や後輩が何人かアタックしているのを知っており、小暮も負けじと彼女を何度も食事に誘った。

ようやくデートに応じてくれたときは天にも昇る心地だった。付き合って一年半で結婚。二年後に長男、その二年後に次男が生まれ、小暮は杉並《すぎなみ》区の西荻窪《にしおぎくぼ》駅徒歩八分の好立地に一戸建てを購入した……

俺はいい亭主じゃないか。家を建て、順調に出世し、家族の生活を守ってきた。なのにここ数年、妻の態度は冷たい。口をきいてくれなくなり、壮次郎が退職後に書斎にでもしようと思っていた小部屋にベッドを置いて、そこで寝起きするようになっている。寝室を別にした理由は亭主のいびきがすごいからだそうだが、それだけではないと感じていた。

俺が建てた家なのに、そこに居場所がないなんて。

おまけに、今日のことをどんなふうに伝えたらいいんだ。ますます胃が重い。ちくしょう、木下のやつ。

総武線が来て電車に乗る。この時間は酔っ払いも多く、なんとなく息苦しい。大久保《おおくぼ》駅を過ぎたころから痛みが下腹部に移ったため、東中野駅で飛び降り、改札そばのトイレに駆け込んだ。

腹はすっきりしたがまた電車に乗るのも面倒で、タクシーでも拾おうと西口の改札を出る。酒のつまみはたいして食べていなかったので、お腹が空いているような気がした。中年太りの腹をさすりつつ、あそこはまだやっているだろうかと思いつく。

確か店の隣に店主が住んでいるんだよな。声をかければ起きてきて、なにか作ってくれるかもしれん。なにしろ俺は、歴史保存会などという年寄りの暇つぶしのために時間を割いてやっているのだから。

先週の二回目の会合も不毛だったなあ。無難に冊子でも作って、一度どこかで適当な展示会をすりゃあお茶を濁せるだろう。俺にかかれば、片手間でそのくらい軽くこなせるはずだ。

焦燥《しょうそう》と不安と帰りたくない気持ちを吹き飛ばすように大股で山手《やまて》通りを横断し、ギンザ通り商店街にずんずん入っていった。

《喫茶おおどけい》のステンドグラスのドアから微かな明かりが漏れている。ドアを引いて覗き込むと、ハヤテが厨房の中でグラスを磨いていた。

「こんばんは、小暮さん。どうかされました?」

壮次郎は努めて快活に振る舞いつつ、カウンターに座り込む。

「もう営業終了かな。腹が減ってしまってね、少しでいいからなにか作ってくれ。むろん、深夜の割り増し料金を払うよ」

ハヤテは少し首をかしげ、ぼそりとつぶやいた。

「今日はいろいろはけてしまいまして、なにか残っているかな……」

ふいに怒りが湧いてきて、カウンターを平手で叩いて立ち上がった。

「なんだい、その言い方！　営業時間外で迷惑ならはっきりそう言ったらどうだ。出ていくから」

「そういうつもりでは」

ハヤテが淡々と答えると、壮次郎はますますヒートアップした。

「だいたい、今の若い奴は覇気《はき》がない。だからこっちはイラついて、つい声が大きくなるんだ。聞いているのかいないのかわからない反応しか返ってこないから何度も繰り返さなきゃいけない。嫌味のひとつも言いたくなったっておかしくないだろ。なにがパワハラで訴える、だ。文句があるならその場で言い返せばいいものを裏でネチネチと。俺が『バカ』って二十八回言っただと？　バカやろう、一回目で言い返せ！　それに……」

「あら、壮ちゃん」

底抜けに明るい声が聞こえ、ぎくりとそちらを見る。

母屋《おもや》に続くと思われる出入口に、カーデガンを肩に羽織ったハツ子が立っていた。彼女はふんわり笑い、しみじみとした口調で言った。

「こんな時間までお仕事？　大変ねえ、ご苦労さま」

ふいに、脱力した。

今日初めての……いや、ここ数ヶ月ぶりの労いの言葉。

そうなんだよ、俺は大変なんだ。なのに、誰もが俺を責める。

もしくは無視する。

ハヤテが困り顔で言った。

「ハツ子さん、小暮さんがなにか食べたいそうなんですが、今日はご飯もうどんも、なぜかパスタまで売り切れてしまっています。どうしましょう」

ハツ子も深刻そうにうなずく。

「今日は忙しかったからねえ。明日の朝一番に配達が来るのを見越して、材料を全部出してしまったんだったわ。なにか買ってきましょうか。あそこのスーパー、十二時までやっているわよね」

本当に食材がないのか。それならそうとちゃんと言ってくれりゃいいのに。

「厚切りパンなら一枚だけ残っていました。ハツ子さんの朝ごはん分だけど」

「じゃあそれでいいかしら。卵もまだあったわよね」

「はい、ハツ子さんの明日の朝食の目玉焼き用に取っておいたのが、ひとつ」

ハツ子はあらあら、というように首を振った。

「明日の朝はご飯炊いて、お新香《しんこ》で食べるわ」小暮に向かって言う。「トーストと茹で卵とミニサラダでもいいかしら。さあどうぞ、座ってちょうだい」

小暮の沸騰《ふっとう》していた頭はすっと鎮まり、カウンター席におさまる。

「それでいいです」照れ笑いを浮かべながらカウンター内に声をかけた。「ちょっと会社でトラブルがあってカリカリしていた。すまんね」

ハヤテはいいえ、と目を細めた。ついかっとなってしまった自分に対してこの穏やかな表情。非常に好感が持てる。木下もこんなふうに振る舞えたら、お客さんから反発されないんだろうに。

「ハヤテさん、卵の時間は九分半ね」ハツ子は指示したのち、ふふふと笑った。「モーニングセットを真夜中に食べるってところかしら」

いやいや、真夜中なんだから〝モーニング〟じゃなくて〝ミッドナイト〟だろ。

「壮ちゃん、そういえばパンが好きだったわよね」

壮次郎は苦笑した。

「〝ちゃん〟付けは勘弁してください。俺はもう大会社の部長ですよ。家庭では二児の父だし」

「あらごめんなさい。日出夫くん……じゃなくて日出夫さんが連れてきた子供のころを思い出して、つい」

「俺が子供のころ、親父とここに来ていたんですか？」

「幼稚園のころまでは時々来て、ジュースを飲んだりパンを食べたりしていたわ」

記憶力はいいほうだが、覚えていない。

「日出夫さんは仕事一筋だったけれど、子供のことを本当にかわいく思っていて、一人でここに来た時も、いっつも自慢していたわよ」

そんな姿が想像できず、少し驚く。

父は仕事人間で、家族サービスは皆無だった。授業参観や運動会に来たこともない。小さい頃は会話もあったような気がするが、中学以降はほとんど口をきかなかったから叱られたり諭《さと》されたりしたこともない。

「日出夫さん、お元気みたいね。たまにお手紙をくれるわよ」

「そう、なんですか」

壮次郎の母はおととし亡くなり、一人残った父は現在七十八歳。昨年、兄が手配して練馬区の介護付きマンションに入居した。足腰は弱っているがボケもせず、まあまあ元気と言っていいだろう。

壮次郎は忙しくてたまにしか顔を出せず、向こうからの連絡もほとんどなかったが、三月下旬に珍しく電話がかかってきた。「歴史保存会のメンバーになってくれ」という内容で、頼まれごとなんてめったになかったので、思わず引き受けてしまったのだ。

そっとハツ子を見る。八十九歳だっけ。親父は十歳以上年上の彼女をお姉さんみたいに慕っていて、時々手紙を書いているのかもしれんな。

「飲み物はコーヒーでいいかしら」

「あ、どうも」

　酔いも少し醒《さ》めてきて、壮次郎は振り返って店内を見回してみた。

　仕事の打ち合わせで利用する大型の喫茶店や個人的に休憩で使う洒落たカフェとは大違いで、今どき流行らないタイプの古びた内装だ。壁際の棚には昔流行ったキャラクターのぬいぐるみやブリキのおもちゃが並び、うらぶれた雰囲気を助長していた。まさに、ザ・昭和って感じだな。

　入口そばの大時計はずいぶんと存在感がある。そういえば、小さい頃これを見上げた記憶があるような。

「あの時計は、いつからあるんですか？」

「栄一《えいいち》さん……私の旦那さんが昭和初期に生まれたときに、ジャズピアニストだった彼のお父さんがお客さんから出産祝いにいただいたそうよ。そのお父さんが喫茶店を始めたのは昭和十年ごろ。以来、戦中戦後の一時期を除いて、時計はずっとここにあるのよ」

「じゃあ、ハヤテくんのおじいさんの古時計ってことか。歌にそんなのがありましたね」

　時計の横にある四角い箱に気づき、指をさす。「ひょっとして、あれは蓄音機ですか」

「ええ、こちらも時計と同じくらい古いものです。でも、ちゃんと動くのよ」

ハツ子は蓄音機の下の棚の引き出しからレコードを取り出すと、小暮を見つめたのち、にっこり笑ってセットした。

伝統的な歌曲『さくらさくら』のメロディが古びた音で劇的に始まったかと思うと、すぐにメロウな曲調に変化し、男性の伸びやかな歌声が流れる。

日本語で〝かわいい息子〟について歌っていた。

「『可愛い坊や』というタイトルなの。もとは一九二八年のアメリカのトーキー映画で歌われた『Sonny Boy』で、そちらは愛息を亡くした悲しみの歌だったそうだけれど、こちらの中野忠晴《なかのただはる》の歌は、かわいい坊やが逞《たくま》しく育つことを願う明るい内容になっているわね」

間奏ではシューベルトの『子守歌』が弦楽器で奏でられる。総じて、父が息子に希望を託す明るい雰囲気だ。

「息子を想う歌、か」

「父親は誰しも、息子が立派に育ってほしいと思うものよね」

だが父親という生きものは、この歌のようにストレートに愛情を表現したりしない。少なくとも日本では。

壮次郎も、二人の息子には立派な大人になってほしいという思いから厳しく接してきた。そのせいかわからないが、最近のあいつらときたら反抗するどころかまるっきり無視してきやがる。妻の冷たい態度も影響しているのかもしれない。

木下だって、「息子のように」とは大げさだが、あんなに目をかけてやったのに訴えてくるなんて。俺の気持ちは通じていなかったってことだな……

トースターがパンを焼く際に出す〝ジーッ〟という微かな音が店内に響く。薬缶《やかん》の沸騰音や、ハヤテが何かを刻む包丁の音も折り重なる。

それらに、大時計の鐘が加わった。明確な〝ボーン〟という音ではなく、どこか間延びした、伸びてしまったカセットテープが出すような音色だ。

時報にしては針が中途半端なところを指している。しかも、鳴りやまない。おかしいぞ。

頭の中に霧がかかったような、不思議な感覚を覚えた。そのモヤモヤの中に様々な顔が浮かぶ。木下、佐奇森、妻や息子たち。ああ、眠い。目を開けていられない……。


「工務店の支店長だなんて、すごいわねえ」

カウンターに突っ伏していた壮次郎は、横から聞こえる女性の声に気づいた。うたた寝をしていたようだ。隣の人はいつの間に来たのだろう。

カウンター内から別の女性が発言した。

「おまけに、一戸建ても購入したんですって。頑張ったわよね」

聞いたことのある声だが、思い出せない。身体が怠《だる》く、そのままの姿勢でうっすらと目を開け、会話を聞く。

「だから嬉しくて、こんなに飲んでしまったのね」

隣の女性がこちらを見た気がしたので、思わず目を固く閉じる。

「社員たちのお祝いの会だったそうよ」

「だからって飲み潰れてここで寝ることないのに。早く家に帰ったほうがいいのじゃないかしら」

この二人は誰だろう。小暮を見て話しているようだ。俺が支店長で、一戸建てを購入したばかりだと？　どういうことだ。

なんとなくタイミングを逸し、寝たふりをしたまま薄目で、隣の女性の声を聞く。

「ヒデオくんが練馬支店に行ってからはほとんどこっちに顔を出さなくなったから、あたしもなかなか会えていなかったわ」

日出夫は親父の名前だ。どうやら父の話をしているようだが、なぜか〝くん〟付け。まあ、さっきハツ子さんもそう呼んでいたが……

視界に入る自分の膝元の異変にはたと気づく。ダーバンの紺のスーツを着ていたはずが、工務店のおやじが着るようなカーキ色のズボンに変わっている。同じような色合いのジャケットを纏い、首から手ぬぐいがぶら下がっていた。着替えた覚えはないぞ。

パニックを起こしそうになり、恐る恐る視線だけ動かして周囲をチェックする。さっきいた《喫茶おおどけい》のカウンターのようではある。

「だと思って、今日は久しぶりに日出夫くんが来たから、遅い時間だったけど紀子《のりこ》ちゃんに連絡したわけ」

「ハッちゃんから連絡もらったときはお風呂から出たばかりだったから急いで服を着てやって来たのに、肝心の本人が寝ちゃっているなんてねえ」

壮次郎は必死に考える。酔っぱらって腹を下し東中野で下車したあげく喫茶店にたどり着き、モーニングセットを作ってもらっているうちに寝てしまったはずだ。

つまり、これは夢だ。

その中で俺は親父になっている。時代は、親父が支店長になり一軒家に引っ越す時期だそうだから、ええと、俺は高一で昭和五十四年だ。親父は四十代前半か。

ピンポイントな夢だな、と心の中で笑う。

ハッちゃんという女性は、では若い頃のハツ子さんか。今から三十七年前とすると、五十一、二歳。

今の俺に近い年ごろだな。

ちらりと視線を上げる。紀子という人も同年代のようだ。親父は東中野で育ったから、彼女は昔からの知り合いなのだろう。

ハツ子が感慨深そうな口調で言う。

「日出夫くん、普段はあまりしゃべらないけれど、さっきは饒舌《じょうぜつ》だったわよ。『俺は、これまでの支店長のやり方を変えるんだ』なんて息巻いて」

「珍しいわね。自分の意見をはっきり言う人じゃないから」

「愚痴もめったにこぼさなかったけれど、以前ここに一人で来たとき、ポロッと言っていたわ。上司がすぐに怒鳴り散らす人で、何度も理不尽な怒られ方をして悔しい思いをしたって」

「サラリーマンは大変よねえ。上の顔色は見ないといけないし、下に甘くすると舐《な》められちゃうし」

その通り。俺は部下を指導しようと真剣に頑張ったんだぞ。それがパワハラと言われてしまうとは……

「日出夫くん、今日はここに来てすぐに『支店長になったら、部下を絶対に怒鳴らない。これまでは上司の目が気になって部下に理不尽な怒り方をしてしまったこともあったが、これからは絶対にしない。俺が負の連鎖《れんさ》を断ち切るんだ』って力強く言っていたわ」

親父がそんなことを？

思わず唸《うな》りそうになり、耐えた。

支店長時代、父はいつもへらへら笑っていた。壮次郎は野球部の活動に明け暮れており、父と話す機会はほとんどなかったが、自宅近くの店舗の前で社員たちに気を遣うように笑っている姿を見かけると、〝部下にへつらっている弱腰の上司〟に思えて、軽蔑《けいべつ》の念を抱いたものだった。

親父がそんな決意を固めていたとは、露《つゆ》ほども知らなかった。

「さすが日出夫くんね」紀子と呼ばれた女性は手を叩いた。「小さいころから、目立たないけれど信念を持って頑張るタイプだったわ」

家ではいつもぼうっとしていて、信念なんぞあるようには見えなかったが……。

「あら、それはなあに？」紀子はカウンターに置かれた紙袋を指した。ハツ子が取り上げ、中身を取り出す。「二つとも、おんなじオバQね」

もぞもぞと身体を動かし、そっと盗み見た。かなり古ぼけた、二十センチほどの高さのぬいぐるみ二個だ。

壮次郎は思い出した。これ、昔うちにあったよなあ。

「日出夫くんが持ってきたの。お店の棚のと一緒に置いてほしいって」

ハツ子が動いて、なにか別のものを置いた。透明のビニールに包まれている、同じようなぬいぐるみだ。

「そっくりなオバQが、合わせて三個になったわね」

そちらのオバQはうっすら茶色くなっている。

「十年くらい前に、彼がここに置いていったものなの」

昭和五十四年の十年前というと、昭和四十四年のことか。

「そのころ幼稚園生だった壮ちゃんと来たんだけどね、日出夫くんがデパートで子供たちのために買ったぬいぐるみの包みを開いたところ、最初は嬉しそうだった壮ちゃんが急に怒り出したの」

「あら、なぜ?」

「ここが、違っていたから」

ハツ子はビニールに包まれているものを持ち上げた。〝オバケのQ太郎〟ことオバQは、白いオバケだがちゃんと足があるという設定だ。足の裏側にはピンク色の丸い布が貼られていた。紀子は、紙袋から出した二つのぬいぐるみをひっくり返す。

「こっちは二つとも青いわ」

「そのとき買ってきたのは、青とピンクのを一つずつだったの。それを見て壮ちゃんが言ったのよ」

——お兄ちゃんと一緒じゃないと嫌だ!

「日出夫くんは戸惑いながら『お前がいつもそう言うから、同じ人形を買ったんじゃないか』と諭したけれど、壮ちゃん、足の裏を指して主張したの。『ここが違うから、ダメなんだ』って」

壮次郎は心中で苦笑した。確かに、俺は年子の兄が憧れの存在でありライバルでもあったから、なんでも一緒じゃないと気が済まない子供だった。兄もそんな弟がかわいかったのか、いつも同じものを持ちたがった。だが、ぬいぐるみの足の裏の色まで一緒じゃないとダメだったっけなあ……

「日出夫くん、すっかりうろたえてしまって」

――ほぼ一緒だよ。なにがなんでもすべて同じじゃなくてもいいだろう

――ダメ。ぜったいに全部一緒じゃないと！　お兄ちゃんだってそう言うさ！

幼い壮次郎は興奮してオバQを振り回してしまい、テーブルに出ていたコーヒーのカップにそれがあたり、ピンクの足のほうに染みがついてしまった。

「日出夫くんは壮ちゃんをこの店に残して、大慌てで新宿のデパートへ行って足の裏が青いオバQをもう一つ買ってきたのよ」ハツ子はふふっと笑う。「待っている間、壮ちゃんはふくれっ面と不安そうな表情を織り交ぜた顔で、あの大時計を見上げていたわねえ。わがままを言ったものの、お父さんにすまないと思っていたみたい」

ふいに、幼い自分がチクタクと時を刻む振り子を「早く動け」と念じながら見つめていた記憶がよみがえった。待ち人が少しでも早く帰ってきてくれるように……

「青い足裏のオバQ二個は無事に小暮兄弟の手に渡って、染みがついてしまったオバQは私が引き取ったの。店に飾ろうと思って洗ってみたけれど、全部は落ちなくてこんな色合いに」

紀子は、青い足裏のぬいぐるみをいじった。

「それで、小暮兄弟のオバQ二つはなぜ今、ここにあるの？」

「日出夫くんが引越しで荷物を整理していたら出てきたんですって。壮次郎くんに聞いたら『捨てていい』ってあっさり言われたから、ピンクのオバQと一緒に置いてあげたらいいかと、ここに持ってきたそうよ」

「あたしだったら『足の裏の色くらい我慢しなさい』って言っちゃいそうだけど、日出夫くんは息子たちの想いを大事にしたのね」紀子が楽しそうに言う。「でも、壮次郎くんの意地っぱりもなかなかねえ」

まあ、頑《かたく》なな性格なのは認めるよ。

「壮ちゃんが必死に主張する姿も、日出夫くんがそれを見て戸惑う姿も、なんだか微笑ましかったわ」

五十代のハツ子の優しくあたたかい声の響きが、壮次郎の心にじわりと沁みた。

「ああ、いい家族を持ったんだなあって、ほっとしたのを覚えている」

紀子もしみじみとした声で答えた。

「日出夫くんは戦争で家族全員を亡くして、『恵みの園』に来たときは口がきけないほど精神的な打撃を受けていたのよねえ」

そういえば、親父はほとんど話さないが、戦争孤児だったんだよな。

「でも施設の人たちゃ、活動を手伝っていたハツ子ちゃんが根気よく話しかけているうちに、だんだん周囲に馴染んでいったわね」

「そういう紀子ちゃんも、よく手伝ってくれたじゃない」

「ハッちゃんが自分の子育てで大変なのに孤児たちの面倒をみているから、あたしも負けていられないって思ったのよ」この二人は、親父がいた施設を支えていた近所の人ってことか。「それに、みんなの笑顔を見るのが嬉しかったわ。日出夫くん、しず江ちゃんがおちゃらけたことを言うと、ほんわり柔らかく笑ってくれて」

〝しず江〟とは、歴史保存会の会長のことではなかろうか。彼女も『恵みの園』出身だったな。

なんだかリアルな夢だ。

ひょっとして、本当に昭和五十四年にタイムスリップしているのか？

いやいや、まさか。

「日出夫くんがハッちゃんの知り合いの工務店に就職したとき、しず江ちゃんが言っていたわねえ。彼は真面目過ぎて『こうあらねばダメだ』って融通がきかないから、社会に出たら苦労するかもって」

紀子が言うと、ハツ子が答えた。

「最初はそんな感じだったけれど、結婚してからはずいぶん変わったわ。家族を守るため、きちんと立ち止まって考えなおすようになったんですって」

立ち止まって考えなおす。

家族を持って変わった……

「そういえば」ハツ子がため息交じりに続ける。「私も最近、立ち止まって考えなきゃって思うことがあって」

「いつもずんずん突き進むハツ子ちゃんにしては珍しいわねえ」

紀子の声はからかうような、それでいて少し心配そうな調子を帯びていた。

「私だって立ち止まることもあるわよ」ハツ子は店内を見回している様子だ。「この間、お客さんから言われたの。今はいろんなタイプの喫茶店が流行っていて、こういう古くさい店は流行らないから改装でもしたほうがいいんじゃないかって」

「確かに、電話喫茶とかゲーム喫茶とかいろんなタイプのお店が出てきているわよねえ」

電話喫茶は、当時ニュースで見たので覚えている。携帯電話のない時代には、待ち合わせに苦労したり外出先で一切連絡が取れなくなったりして、仕事に支障をきたすことがあったようだ。電話が何台も置いてあり簡単に連絡ができる喫茶店が登場し、サラリーマンたちに大変重宝されたのだ。

ゲーム喫茶は高校生のときに大流行した。喫茶店でゲームができるのが画期的で、大人も若者もゲーム画面のついたテーブルに張りつき、インベーダーゲームなどに夢中になったものだ。

《おおどけい》みたいなごく普通の喫茶店は、その当時もすでに時代遅れだったのだろうな。

「それで、どうするの？」

「ゲームのテーブルを揃えるとか電話を何本も引くなんて費用はないわ。でも、これまでとは違うサービスをなにか考えないといけないのかも。柔軟な発想が必要よ」

「設備を変えずに新しいサービスを、か。営業時間を長くする、とか？」

「今は、朝九時からやっているけれど、もっと早いほうがいいかな」

「あるいは夜遅くまでやるとか」

「うちはお酒を置かないから、夜はあんまり入らない気がする」

「だわよね。あたしも夜はお酒が出る店に行きたいわ」

「あとはサービス品を頻繁《ひんぱん》に変えるとか」

「今週はこれがお得です、みたいなメニューを作るとか？」

「他にはそうねえ、例えば、昼も夕方もモーニングセットが食べられるとか」

「そうね。モーニングとかランチとか、時間を限定しなくてもいいんじゃない？」

こんな鄙《ひな》びた店でも知恵を絞って頑張っているんだな。予算がなければアイデアで勝負か。

俺も若い頃はそういうことを考えた。上司に新しい営業方法を提案したこともある。だが「前例がない」と即座に却下された。そのうちに提案するのも面倒になり、なんでも言われた通りに、形式通りにやればいいとあきらめ、それが当たり前になっていった。

木下が書類にアレンジを加えてきたときに妙な苛立ちを覚えたのは、昔の自分を見ているようなこそばゆい気持ちが生じたせいかもしれない。あいつの頑張りを即座に否定した俺は、あの傍若無人な上司と同じだったなあ。もっと、丁寧に見てやればよかった……

紀子がうーんと伸びをした。

「ハッちゃん、いろいろ考えていたら、なんかお腹空いてきちゃった。トーストでも焼いてよ。ついでに茹で卵とかサラダとか」

「モーニングセットのメニューね。でもこんな夜中に食べて大丈夫?」

「平気平気。ダイエットはまた明日からにするから」

紀子は自分のお腹をぱんと叩いておどけた。確かに、少々脂肪がつきすぎたお腹をしているようだ。人のことは言えないが、と見下ろすと、急にお腹が鳴った。

思わず顔を上げると、隣の女性がバチンと背中を叩いた。

「ようやく起きた。日出夫くん、お久しぶり」

思わずぺこりと頭を下げる。頬にぽっこりえくぼが浮かぶ丸顔の女性は、にこにこと笑っている。誰だかわからないが、きっと親父のよく知っている人なのだろう。

そっと見回すと、現実の喫茶店とは少し雰囲気が異なる。

まあ、夢の中だから。なにしろ俺は親父になっているんだから。

「日出夫くんもお腹空いたんじゃない？　一緒に食べましょう。そんでもって、ちゃんと酔いを醒まして帰りなさいよ。奥さんがやきもきしているわよ、きっと」

「それは大丈夫よ。さっき電話をしておいたの。『遅くなるけどちゃんと帰しますから』って」

「さすがハッちゃん、そういう気配りはばっちりね」

「さて、真夜中のモーニングセットを作りましょうかねえ」

「真夜中なら、モーニングじゃなくて、ええっと」

紀子が首をかしげたので、壮次郎はつぶやいた。

「ミッドナイトセット、ですか」

「そうそう、それよ」

「いいの。『モーニングセットを真夜中に』で」ハツ子が快活に言う。「柔軟な発想が大事でしょ」

「それって柔軟ってことなのかな」紀子もあははと笑ったのち、続けた。「ちょっとレコードを聞いてもいいかしら。あ、音は大丈夫かな」

「好きなのをかけて。この店、うまいことに音が外に響かない構造になっているの。さすが音楽好きのお義父《とう》さんが最初に造っただけあるわ」

紀子は立ち上がり、蓄音機に近づく。

流れてきたのは、さきほど聞いた『可愛い坊や』だった。我が子を想う気持ちを朗々《ろうろう》と歌う声が壮次郎の心を揺さぶった。俺にも、息子にこんな想いをもっていた時期があったな。

「日出夫くん、父親から見ても息子はやっぱりかわいいものでしょ」

紀子が丸い顔に福々しい笑みを作って聞いてくる。

思わずうなずいて答えていた。

「そりゃあ、かわいいさ」

しゃべったのは、日出夫か、それとも俺か。

親父は家族のために立ち止まって考えることを学んだという。

だが、俺は……

トーストが焼ける香ばしいにおいとコーヒーのふくよかな香りが漂ってくる。卵を茹でるポコポコというお湯の音と、ハツ子がキュウリを切る包丁の音。それらが、なんだか心に染みた。

モーニングセットを真夜中に。

柔軟な発想、か。

同期の佐奇森が言っていたっけ。時代の流れを柔軟な発想で見つめる、と。

時計が鈍い音を鳴らした。さきほどのような、どこか夢見心地の響きが何度も繰り返される。美味しそうな香りとけだるい時計音、そして胸に残る親父の言葉……

また眠気が襲ってきた。モーニングセットがもうすぐ出来上がるのに……


「お待たせいたしました」

はっと目を開ける。

ハヤテがカウンターにお盆を置いたところだった。

こんがり焼けたトースト、ピンクのソースがかかったミニサラダ、角切りバター、なにかのジャム、エッグスタンドに載った卵……

「はい、コーヒー」ハツ子が横からカップを指し出す。「薄めに作っておいたわ」

スーツを着ていたので安堵し、ゆっくりと頭を巡らせた。壁のカレンダーは確かに現代を示していた。よかった、もとの時代に戻った。

……いや、夢から醒めただけだ。

夢だよな、あれは。そう自分に言い聞かせる。

目の前のモーニングセットはとても美味しそうだった。

「……いただきます」

まずはコーヒーを一口飲む。

ほどよい苦みと酸味を感じたのち、まろやかさが口に広がった。

次はサラダか、いや、やはりトーストだ。斜め半分に切られた厚切りパンの表面は、キツネ色とはよく言ったものだと思うようなきれいな薄茶色にまんべんなく焼けていた。その上にバターの塊をどん、と載せ、バタースプレッダーでしっかり表面に染みこませる。

じゅわっと溶けていくバターのなんともいえないにおいが馥郁《ふくいく》と湧き立ち、それだけで心が弾んだ。

「このジャムは?」

「びわです。たくさんいただいたので、ハツ子さんが作りました」

珍しいな。トーストの片方にだけジャムをつけ、まずはバターのみのを持ち上げ、がぶりとやる。

バターの濃厚でコクのある味とトーストされたパンの芳醇《ほうじゅん》な旨味がブレンドされて、口内に広がった。さくりとした触感を全力で堪能する。

最高に美味い。

もう半分のジャムのついたほうも食す。甘すぎず、爽やかな酸味があり、バターの風味とも合う。さっぱりしていて心地よい。

真夜中に食べるモーニングセット。夜中だから〝モーニング〟じゃなくて〝ミッドナイト〟と言い替えねばならない、ってことはない。

柔軟な発想。

オバQの足の裏の色は小さいころの意地だからかわいいものだったが、その後は、部活の経験などで柔軟にものごとに対応する術をちゃんと身につけたはずだ。しかし、そういう柔らかい気持ちをどこかで失ってしまったようだ。

サラダのオーロラソースはほどよく甘く、キャベツ、玉ねぎ、にんじんのシャキシャキ感とマッチしていた。

そして茹で卵。そっとスプーンで上部をすくう。あ、俺の大好きな、ちょっと硬めの半熟だ。なんでわかったんだろう。子供のころに俺がここで食べたのを、ハツ子さんが覚えていたんだろうか。

トーストも卵もサラダもきれいにたいらげ、コーヒーも一滴残らず飲んで、手を合わせた。

「ごちそうさまでした」そして付け加える。「……美味しかった」

ハツ子は柔らかい笑みを浮かべる。

「さきほどまで辛そうな顔をしていたけれど、少し落ち着いたようね」

なんだか恥ずかしくなり、いやまあ、と誤魔化す。

「いろいろ大変なこともあるでしょうけれど、たまには息抜きしにお店にいらっしゃいな」

胸が熱くなる。俺が来てもいい場所があるなんて。

ふと、尋ねてみたくなった。

「ハツ子さんの店の信念って、なんですか」

彼女は目を輝かせて答えた。

「ここを『美味しいものを食べながら、ほっとするひとときを過ごせる場所』にするってことよ」

ほっとするひとときを過ごせる場所、か。

「そう思って変わらずやってきたけれど、自分のやり方がその信念に沿っているかどうか、ときに立ち止まって考えるようにはしているわ」

「長くやってきても、やり方を変えようと思ったりするんですか」

「時代は変わっていくから、ある程度柔軟にやり方を変えていかないといけないでしょ。どんな方法が自分の信念にとってベストか、いつも考えていくことが必要ね」

俺は、自分の信念を貫いてきたつもりだった。上司から時に理不尽な扱いを受けて悔しい思いもしたが、家族を、会社を、日本社会を背負っていくのは俺だ、と気概を持っていた。

だが、いつのまにかその大事な「信念」を置き去りにして、会社の方針という建前に守られて胡座をかき、上司の「やり方」だけ踏襲していた。それじゃダメだったんだ。

あの親父だってそんなことをいとも簡単に理解していたのに、俺はいったい……

大時計がボーンと鳴った。午前零時半。携帯を見ると、妻からメッセージが来ていた。

『まだ遅くなるの？　大丈夫？』

一応、心配はしてくれているんだな。

『すまん、東中野の喫茶店に寄っていた。もう帰る』と打つと、すぐに返信がきた。

『ひょっとして《喫茶おおどけい》？』歴史保存会のこともろくに話していなかったのに、妻がこの店を知っているとは意外だ。『私と子供たち、お義父さんに連れて行ってもらったことあるわよ。前に話したでしょ』

まったく覚えていない。

家に居場所がないんじゃなくて、俺のほうが家族に関心を持っていなかったってことか……

「うまくいかないのは、なにもかも俺がダメなせいですね」

思わず愚痴が漏れると、ハツ子が大真面目な顔で言った。

「なにもかもダメなんてないわ。壮ちゃんのいいところは気持ちの切り替えが早いこと。意地を張って言ったことを変えるのは存外勇気がいるけれど、壮ちゃんはすぐに素直に感情を表現できる子でしたよ」

……久方ぶりに褒められた。なんだか照れる。

「忘れていらっしゃるかもしれないけれど、日出夫さんと幼稚園生のあなたがここへ来たときにちょっとしたハプニングがおきて、日出夫さんがオバQのぬいぐるみをデパートに買いなおしに行ったことがあったの」

彼女が棚の上のオバQを指したので、壮次郎はおずおずとうなずいた。

「お父さんが戻ってきたとき、あなたは本当に嬉しそうだったわ。『パパ、ありがとう、ありがとう。ごめんね』って言って」

かなり、照れる。

「その顔を見た日出夫さんが、とろけそうな表情でねえ」

親父のそんな顔、見たことない……いや、思い出したぞ。茶色い店内、オバQのぬいぐるみ、卵は硬めの半熟がいいと駄々をこねたこと、そして、父がオーダーしたコーヒーの香り……

かわいい息子、か。

壮次郎は立ち上がった。

「ハツ子さん、帰ります。お会計を」

「今日はご馳走しますよ」

いやダメですとしばし揉めて、結局、金を受け取ってもらった。

ドアの前で、ハツ子が微笑む。

「またいらしてね」

「はい、必ず」そしてハヤテに言う。「今度の会合では、もうちょっと前に進められる材料をもってくるよう努めるよ」

「よろしくお願いします。それ以外でも、お気が向いたらぜひまたどうぞ」


ギンザ通りを抜けて山手通りに出ると、携帯を取り出した。

佐奇森へのメールを打ち始める。

『すぐに木下に謝りたい。セッティングをしてくれ』

「いや、こんな文面じゃ佐奇森へのパワハラか？」

急になにもかも不安になりつつ、ちょうど来たタクシーに乗り込み、行先を告げた。

『私の不徳の致すところでございまして、木下さんに一刻も早く謝罪したく何卒《なにとぞ》ご対応のほどお願い申し上げます……』

これじゃ卑屈すぎて嘘くさく感じられてしまうか。悩んでいると、運転手が声をかけてきた。

「お客さん。ご指定の道、夜間工事しているみたいですが迂回《うかい》してもいいですか」

「えっ？　ああ任せる……あっ」

うっかり送信ボタンを押してしまい、焦った。こんな時間にメールしたら佐奇森に対するパワハラになるのではないか。どうしよう。重ねて謝罪メールを送るか？　しかし夜中に何度もメール音がしたらさらに迷惑じゃ……

返信が即座に来た。

恐る恐る、開く。

『すぐに対応します。　佐奇森』

そっけない文面だが、こんな時間のメールをすぐに見たのは、ずっと心配してくれていたからかもしれん。

お願いしますと送り、シートにもたれて目を閉じる。

——負の連鎖を断ち切る

そのために、自分の言動をうまく切り替えられるだろうか。なんだか自信がない。

だけど。

落ち込んでも立ち寄れる場所が、ほっとするひとときをすごせる場所が、俺にはある。きっと昼に行っても夕方に行っても、柔軟に、美味しい〝モーニング〟セットを出してくれるはずだ。

立ち止まって、じっくり考える。今がそのときだ。

リサーチ

　七月中旬の第三回目の会合では小暮壮次郎が腕まくりでもしそうな張り切った様子で立ち上がったので、ハヤテはちょっぴり希望を持った。前に進めそうな気配が漂ってきたかも。

「企画立案のためには、過去に歴史保存会がどんな企画をしてきたのかを探る必要があると考え、調べてみた」紙を全員に配り、ハヤテには二枚渡す。「会長の娘さんは今日も欠席か。一応、ハヤテくんが預かっておいてくれ」

「プリントアウトまでしてくださり、ありがとうございます」

「それぞれの手元にあったほうがいいと思ってね」

　モーニングセットを真夜中に食べてから、小暮はハヤテに頻繁に連絡をくれるようになった。会社でのトラブルは落ち着いたらしい。なんでも所属部署が変わったそうで、心機一転して気合いを入れ直しているところだという。

「これを見てわかるように、これまでは冊子の発行、区の施設で写真パネルなどの展示会、地元の人々との懇親会などを行ってきた。内容は、東中野の名所旧跡……といってもあまりないのだが、古くからある氷川《ひかわ》神社、以前にあった戦争孤児のための施設、日本閣、駅のそばの映画館……そういったところをピックアップしている」

加奈が聞く。

「映画館って〝ポレポレ東中野〟のことですか?」

以前は〝BOX東中野〟という名だった小さな映画館が駅の北側にあり、ドキュメンタリーを中心に自主配給や新人監督の作品などを上映している。

「あそこじゃないんだ。駅の南側に昭和三十年ごろ〝金竜座《きんりゅうざ》〟〝銀竜座《ぎんりゅうざ》〟という映画館があって、邦画と洋画をそれぞれ上映していたそうだ」

「こんな小さな街に、二軒も」

「その名残というか、『映画館が街にあるべきだ』という想いから〝ポレポレ〟ができたらしいぞ」

「まさに歴史ですね。そういう感じで、人物に焦点を当てて歴史を感じてみたいなあ」

「加奈さんの着眼点はなかなかいいように思う」

小暮の言葉に、加奈もご機嫌そうだ。

「ただ、どんな形の発表であれ一般に公開するわけだから、人に焦点を当てる際には気をつけないといけないだろうな。なにごとも、相手の動向をよく見極め、自分がしていることが相手を不快にしないか注視することが大事だから」

小暮が力強く言うとハヤテはうなずき、アジアン雑貨の店主に顔を向ける。

「臼井さんは、なにか意見ありますか」

「ええと、そうですね……」

初会合で張り切っていた臼井麻美は、回を追うごとに暗い顔になっていく。

ハツ子から「臼井さんのお店にちょくちょく顔を出してあげてね。イラストの参考にもなるかもしれないし」と言われていたこともあり、ハヤテは何度か訪れている。こぢんまりした個性的な店だが、開店当初に比べると最近は客の入りが少ないように感じられた。

彼女は深刻そうな表情で述べた。

「私は、ギンザ通り商店街も絡めてもらえると嬉しいです。私のお店も広く知っていただきたいですし」

小暮が眉をひそめたが、意見は言わなかった。代わりに加奈が遠慮がちに話す。

「古い商店街なのでいろいろ絡めることができるとは思いますが、お店を宣伝したいっていうのはちょっと困るかなあ」

「そうですよね。すみません。忘れてください」

彼女は疲れた様子で頭を下げた。

小暮は顔を青年に向ける。

「牛窪くんは、どうかな」

「僕は、ええと……みなさんと同じ感じです」

へへ、と誤魔化すように笑うと、小暮が少し不快そうに首を捻った。

「すみません、次回までに考えてきます」

牛窪直樹が頭を下げたあとは沈黙になったので、ハヤテがまとめにかかった。

「では、人の歴史を感じることができるような内容で、発表方法はこれまでのものを参考にする、ということでよろしいでしょうか」

加奈と小暮が大きくうなずき、臼井麻美と牛窪直樹はつられるように顎を引く。

数センチ、進んだかなあ。

コーヒーゼリーの宇宙遊泳

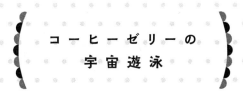

『ちょっと旅に出ます　ヒロシ』

七月初旬のある朝、臼井麻美《うすいあさみ》は同居人が書き残したメモを食卓で見つけた。

どういうこと？

どこへ、何日くらい行ってるの？

この間「たまには大自然に触れてのんびりしたいな」などと言っていたので、一人で関東近郊にでもふらりと出かけたのかしら。誘ってくれたらいいのに。

だが、私には店がある。半年前にオープンしてから一日も休んでいない。やらねばならないこと、やりたいことが山積みで、旅行なんてする余裕もない。

ヒロシはそんな生活に疲れて、一人で息抜きしようと思ったのだろうか。

それとも……

麻美の心に暗い影が差す。

まさか、また捨てられたんじゃないでしょうね……

いやそんなはずはない。ちゃんとメモが置いてあるのだから、彼は〝ちょっと〟旅に出ただけだ。私は今日も店を開けなければ。

お気に入りの髪留めで長い髪をまとめ、トレードマークのロイド眼鏡をかけ、三階の自室を出て階段を下りていった。

途中の、二階の扉の前で軽く頭を下げる。三階建てで各フロア一室という小さなビルのオーナー、桂川《かつらがわ》たい平《へい》が二階に住んでいるため、階段を上り下りするたび麻美は会釈をしていた。ヒロシはそれを見ると笑った。

——真面目で律儀《りちぎ》だね。誰も見ていないのに
大家さんはとってもいい人だから会釈くらいしても罰は当たらないわよ、と麻美は言い返していた。

真面目で律儀なのは祖父母の影響かもしれないな、と階段を下りながら麻美は思った。

群馬県出身の麻美は、両親が家の一階で食堂を経営して忙しくしていたので、幼いころは二歳年上の兄とともに近所に住む祖父母の家で過ごすことが多かった。植木職人だった祖父は真面目一徹。隣近所にいつも気を遣う祖母は律儀。兄がお調子者で上手に立ち回る性格だったのに引き換え、麻美はばっちり祖父母の性格を受け継いだ。

挨拶はきちんと。受けた義理は必ず返す。こうと決めたらまっすぐ進む。

要領のいい兄は、少し呆れながら言った。

——麻美は真面目すぎるんだよ。人ってもっとズルかったりいい加減だったりするぞ。利

用されないように気をつけろよ
そんな兄だって、近所の人が「麻美ちゃんが真面目でいい子だから」とくれたお菓子をちゃっかり食べていた。

お兄ちゃんは優しいところもあるし、私より多く食べても許してあげちゃう。

麻美はそんな女の子だった。

祖母からは律儀さ以外にも影響を受けたことがあった。アジアの雑貨が好きなことだ。祖母は籐《とう》で編んだリュックサックや独特の色合いのスカーフ、変わった雰囲気の人形などを集めており、麻美もアジアンテイストの品々に魅了された。

大学ではアジア史を専攻。バイトして小遣いを貯めてはアジア地域にちょこちょこ旅行した。行く先々で出会う工芸品や雑貨に、さらに惚れ込んでいく。

卒業後は東京の小さな貿易会社に就職した。兄がすでに都内のアパートに住んでいたのでそこへ住まわせてもらい、給料はせっせと貯金に回した。いつか自分だけの店を持ってアジアの小物に囲まれて仕事をしたい。そんな夢があった。

二十代後半のころ兄が結婚して出ていったので家賃を自分で払わねばならなくなったが、節約生活を心がけ、貯金は着実に増えていった……はずだったが、麻美のある大きな欠点のせいで、貯めたお金はしばしば大幅に減った。

高校時代からずっと交流のある友人のカエデは、ため息交じりによく言っていた。

――麻美は昔から男を見る目がないのよね

過去に付き合ったのは麻美の秀逸な授業ノートが目的の同級生男子だったり、常にデート代を払わないゼミ仲間の大学生だったりした。

――社会人になってからもロクな男がいなかったよね。必ず返すからとお金を借りて結局消えちゃったやつとか、ちゃんと働かずに麻美の部屋でゴロゴロしていたやつとか。麻美が相手の言うことを聞きすぎるからじゃないの？

でも、今度は違う。

「ヒロシだけはそういう人じゃないのよ」

麻美はビルの一階にたどり着き、誰にともなく小声で訴えた。

能美博《のうみひろし》は三歳年下の三十六歳。一年半前にジャワに旅行に行った際に出会った。小さなお土産物店で〝ロロブロニョ〟と呼ばれる愛らしいペア人形を見つけて棚に手を伸ばしたとき、ぼさぼさの頭と無精ひげの男性が同時に手を出してきた。

まるでドラマみたいな出会いで、普通なら「そちらがどうぞ」などと譲りあうところだが、このときは違った。

「見つけたのは私のほうが早かったわ」

「いや、僕のほうが一瞬先に触った」

「どうしても欲しいの。ずっと探していたんだから」

二人はにらみ合っていたが、ふいに彼が表情を緩める。ぼさぼさ髪の隙間に見える瞳がきらきら輝いていた。

「負けたな。君の情熱に」

麻美はロロブロニョを、彼はジャワ更紗《さらさ》のバンダナを買って店を出たところで自己紹介をしあい、そのまま話し込んだ。ほどなく、二人は付き合うようになる。

ヒロシは新宿界隈のバーで働いていた。職場ではこざっぱりした風体で、愁《うれ》いを帯びた表情と優美な所作が客を魅了する売れっ子バーテンダーだ。アジアの音楽や文化に興味があり、金が溜まると仕事を辞めて旅に出るという気ままな生活を送っていたが、麻美と付き合い出してからはいつも二人で旅行した。

友人のカエデに紹介すると、辛口の彼女が珍しく「長く続くといいね」と励ましめいた言葉をくれた。

念願の店を開くことも、彼が「へえ、いいんじゃない?」と言ってくれたから決意を固めることができた。資金は充分ではなかったが、三十代のうちに始めたいという気持ちが強かった。四十代も半ばをすぎたら肉体的にも精神的にも衰えてくるだろうから、今のうちに。

昨年の十二月、試しに相談にいった新宿の不動産会社で東中野の店舗を紹介された。東中野駅はこれまで降りたこともなく、少しマイナーなイメージがあったが、店舗と自宅を一度に借りられるというのが魅力だった。

内見に行ったところ、二階に住むオーナーが出てきて詳細に案内してくれた。八十五歳だという桂川たい平は、一見強面《こわもて》なのだがよく見ればつぶらな瞳で、笑うと愛嬌《あいきょう》があった。おしゃべりで、ひょうきん。その人柄に魅せられたし、「あなたにだったら格安で貸しますよ」と言われ、契約を決めてしまった。

ヒロシは「じゃ俺、バーテンダー辞めて麻美の店手伝うよ。一緒に住めば家計の節約になるし、それでいいじゃん」とあっさり言った。

それってプロポーズ？　舞い上がりつつ、勢いに任せて東中野へ引っ越してきて、二人の生活が始まった。

以前から買い溜めていた品物は溢《あふ》れるほどあったし、度重なる旅行で知り合った現地の知人がいろいろ送ってくれる伝手《つて》もあるので、商品には事欠かない。すぐに店を開く準備に取りかかった。

この東中野の店から、ヒロシと力を合わせて日本中にアジアの魅力的な品物を届けるんだ。通販でも売るから店舗は小さくても大丈夫。商売が軌道に乗ったらヒロシと籍を入れよう。家庭を持って、好きな仕事をして生きていく。最高だ。

麻美は大きな希望を抱いて、今年の一月下旬に店をオープンさせた。

最初のうちは大家さんが声をかけてくれた近所の人が盛り上げてくれたし、ネットでの地道な宣伝も来客数増加につながった。

さらに、ヒロシが店番すると売り上げが上がった。彼は麻美よりも熱く客と話し込むことがあり、時間の無駄ではと訝しんでいると、そういう客が熱烈なリピーターになってくれるのだ。このまま順調なら二人の誕生月の十月に籍を入れられるかも。

未来はきらきらと輝き、自分は世界一、いや宇宙一幸せだと感じていた。

春が来て、商店街とほぼ並行して走っている総武線の線路脇の桜が満開になった。たいへいから「神田川《かんだがわ》沿いがきれいだよ。ぜひ行ってみるといい」と教えられ、ヒロシと二人、夜に行ってみた。

予想外の桜の美しさに、麻美は胸を打たれた。

神田川の水源は、三鷹《みたか》市にある井《い》の頭恩賜《かしらおんし》公園内の井の頭池だ。そこから東に長く延び、中央区と墨田区の境界にある両国橋《りょうごくばし》脇で隅田川《すみだがわ》に合流する。東中野界隈はその半ばあたり。中野区と新宿区の区境を流れており、両区を結ぶ橋は二十数歩で渡り切れる。

川幅が狭いためか、両側から満開の桜を湛えた枝が川に流れ込むように垂れ下がっており、ライトを浴びて幻想的な風景を創り出していた。

——昔のフォークソングで『神田川』っていう曲があったわね
川沿いの下宿屋で彼氏と暮らしていた過去を振り返る女性の、少し悲しい歌を思い出す。場所はこのあたりだったのかな。風情としてはあっているような。

　コンビニで買った缶ビールを飲みながら川べりの遊歩道をそぞろ歩く。

——川って、ロマンを感じるよな。人生もこんなふうに自由に流れていけるといいな
　ヒロシが目を細めて言ったので麻美はうんとうなずき、薄桃色の花びらが流れていく川面を見つめた。千鳥ヶ淵《ちどりがふち》や目黒川《めぐろがわ》のような華やかさはないが、しっとりとした流れは、自分たちの幸せを実感させてくれる象徴のように思えた。

　翌日、神田川を教えてもらったお礼をたい平に言いにいくと、彼が活動している『東中野の歴史を保存する会』の特別企画を手伝ってくれないかと頼まれる。

　麻美は即座に引き受けた。ヒロシはあまり乗り気ではなく、「僕は行かないよ」と言ったが、麻美は、地元の人たちと仲良くなれるかもしれないと張り切った。

　だが、初会合では拍子抜けした。集まったメンバーは皆やる気がない。

　よく考えてみれば、立派な名所旧跡もなさそうな東中野で歴史を保存するといっても、できることは少なそうだ。それに、他のメンバーは東中野在住だったり古参メンバーの家族だったりするのに自分は新参者だ。提案できそうな企画も浮かばない。

　六月の二回目の会合では女子大生が張り切って意見を述べていたが、他のメンバーは相変わらず覇気がなかった。

　麻美はそのころから悩み出していた。開業して約五ヶ月、客が減り始めたのだ。もっとなにか、特別な手を打たなければいけないのでは。

焦燥するばかりで、売り上げはじりじりと下がっていった。ヒロシに相談しても、「そうなの？」程度の返事しか返ってこない。このままだと家賃も支払えなくなってしまう。そうなったら店舗どころか住まいまで失うことになりかねない。

両親から頻繁に様子伺いのメールがやってくるが、もともと店舗開業とヒロシとの交際に大賛成というわけではないので、相談しづらかった。兄は群馬に戻って仕事や子育てに忙しく、開業時に一度来てくれただけだ。サラリーマンだから店舗経営の苦労なんて理解してもらえないだろう。

客は減り続け、梅雨が明けて猛暑が来た。あまりに暑いせいか、商店街を通る人の数も少ないような気がする。麻美はネットで必死に店を紹介したが、そちらのアクセス数も増えておらず、うまくいっていない。

そんな焦りを募らせていた七月初旬、ヒロシの書置きを見つけたのだった。

『ちょっと旅に出ます　ヒロシ』

どういうこと？　どこへ、何日くらい行ってるの？

重い気分になりつつも、とにかく店を開けねば、と自室を出て一階まで下りる。

一度、外に通じるドアを開けてギンザ通りに出て、店の前に立った。旧式の重いシャッターが下りている。下側の鍵穴に鍵を差し込んで回し、苦労して押し上げる。すりガラスのドアを開けて中に入った。

私の小さなお城。半年前に手に入れた大切な店舗。

六畳ほどのスペースがアジアンテイストの輸入雑貨で占められていた。タイのシルクスカーフ。インドネシアの編み込みバッグ。ベトナムのバンブーボックス。ネパールのドリームキャッチャー……好きなものに囲まれてとっても幸せ、のはずなのに……

レジ前に小さな椅子が置いてある。ヒロシが店番をするときは必ずそこに座り、インテリア雑誌をぼんやり眺めていたりする。ルックスのよい彼はとても絵になり、まるでアジアン雑貨の一部のようにしっとりと馴染んでいた。

麻美はレジ横に飾った木彫りの人形一対に向かって、そっと話しかけた。

「ヒロシ、ちゃんと帰ってくるよね」


しかしその後、なんの音沙汰もなく携帯は繋がらない。麻美の知っている数少ない彼の知人に連絡してみたが、誰も行方を知らなかった。以前勤めていたバーのマスターは気の毒そうな表情で言った。

——あいつ、急に思い立って旅に出ちゃうことはしょっちゅうだったなあ。まあ、気長に待ってみれば？

そうよ、きっと帰ってくる。自分に言い聞かせた。

七月中旬の三回目の歴史保存会では小暮という中年男性が張り切っていたが、麻美は気もそぞろだった。このまま東中野にいられるかもわからないのに、なんでこんな一銭にもならないことをしているんだろう。ヒロシからは相変わらずなしのつぶてだし。

ようやくカエデに打ち明けると、ため息とともに冷静な声が返ってきた。

――彼は、そういうことしない人だとちょっとだけ期待していたんだけどな

私だって、今度は違うと思っていたわよ。

――店にも影響があるんじゃない？　ヒロシさん目当ての客もいるんでしょそうなのだ。ヒロシと話し込んで三日続けてやってきた中年女性は、彼の姿が三日続けて見えないと、その後はぱたりと来なくなった。

そして七月下旬のある日、初めて、店に一人も客が来なかった。悪いことにその日はネットでの注文もゼロ。

その晩はよく眠れず、翌朝は早く起きて神田川沿いを歩いてみた。

今日も哀しいほど陽射しが強く、川のにおいはなんだか臭かった。あの有名な曲が頭の中を流れ、気分が暗くなる。

これが人生の正念場だと決意して作った店はうまくいかず、生涯の伴侶《はんりょ》だと確信したはずの彼氏は戻らず、これから先、どうしていったらいいのかわからない。

ふいにどこかへ逃げてしまいたくなった。

そうだ、静岡でアジアンフェアをやっていたっけ、参考になるかもしれないから見てお

いた方がいい、と自分に言い聞かせ、簡単に荷造りして電車に飛び乗った。逃げではない。お店の参考にするために行くのよ。気分転換にもなるし。

静岡駅そばの会場へ行ってみるとフェアは思ったほど盛況ではなく、それでもいくつか目新しい雑貨をチェックしているうちに夕方になった。このまま帰るのも面倒だ、と駅近のビジネスホテルに一泊した。

ホテルの狭い部屋を見渡し、思わずため息が漏れる。

別に傷心旅行ってわけじゃない。仕事で来たのよ。ヒロシなんていなくてもやっていけるわ。私には大事なお店があるんだから……

疲れていたのかばたりと寝込み、翌朝は早く目覚め、ホテルの朝食ビュッフェをこれでもかとたくさん食べた。

小旅行の興奮は冷め、チェックアウトして東京行きの電車に乗ったころにはすっかり落ち込んでいた。ただただ、散財してしまったという後悔が残ったのみだ。

東中野に戻って、ギンザ通りを足早に歩いた。すぐに汗が噴き出し、ときおり吹く熱風が身体に絡みついて鬱陶《うっとう》しい。

店が開いていて「やあ、麻美。遅いじゃないか」とヒロシがにこやかに笑ってくれるのを期待したが、重いシャッターは堅固に店を守っていた。

すごすごと三階へ上がり、ドアノブを捻る。

ヒロシが中でのんびり昼寝でもしていたりして。だが残念なことにこちらも鍵が開かず、ピンポンしても誰も出てこない。

「……あれ？」

キーホルダーがない。焦ってバッグの中身を廊下にぶちまけたが、入っていない。どこかに落としてしまったようだ。

暗澹たる気持ちで二階へ行きインターフォンを押すも、大家さんもいない。電話をしてみると、戻るのは一時間後とのこと。鍵を失くしたことを謝ると、「まあ、たまにあることだからしかたないよ。予備の鍵はうちにあるから、どこかで時間を潰して待っててくれ」と優しい言葉。

大きなため息をつく。店の鍵も失くしたので二ヶ所を交換せねば。かなりの出費だ。

通りをとぼとぼと歩く。ちょうど昼食時で、どこも混んでいそうだ。

暑くてくらくらする。朝食をしっかり食べてしまってお腹が重たい。なにか冷たいものが欲しいなあ。ふと、あの喫茶店を思い出す。

あそこなら空いていそうだし、行ってみるか。

「いらっしゃいませ」

ハヤテが迎えてくれた。客は二組のみ。その人たちもお会計をしているところのようだ。

ここも、たいして儲かっていない感じの店よね。

ハツ子が元気よく挨拶してくる。

「臼井さん。来てくださって嬉しいわ」

このおばあさんは会うたびに笑顔が眩しい。かなりの高齢のはずだが、どうしていつもこんなに活き活きとしているんだろう。麻美は、鍵を落としてしまったのでここで大家を待たせてもらいたいと告げた。

「どうぞどうぞ。こちらでゆっくりしてね」

ハツ子に促され、カウンター前の年季の入った革張りのソファに座った。

たい平に《おおどけい》で待つと連絡を入れたのち、改めて店内をじっくり眺める。入口そばの大時計は印象的だが、内装も家具も古びており、暗めの照明や棚にごちゃごちゃ置かれた物たちがうらぶれた雰囲気を醸し出していた。ついつい、小物を観察する。日本の古き良きグッズといったところか。あの人形は確か昭和三十年代に流行ったダッコちゃん。あっちはオバケのQ太郎。そしてあちらは……

ハヤテが水のコップと茶色いカバーのメニューをテーブルに置いたので、麻美は言った。

「お腹は空いていないので、なにか冷たいものをもらいたいです」

「では、こちらから」

スイーツや飲み物のページを開いてくれた。思いがけずきれいなイラストに驚く。

「ステキな絵ですね」

「ありがとうございます」ハヤテは照れたようにつぶやく。「僕が描きました。いちおう、イラストレーターなので」

そういえば最初の会合でそんな紹介があったかも。

麻美はじっくりメニューを眺めた。クリームソーダ、プリン・ア・ラ・モード、オレンジジュース、どれもあたたかい色合いで美しく、見ていてほっとする……

その絵が、涙で滲んだ。

いやだ、こんなところで。

そう思えば思うほど感情が昂り、あとからあとから涙が出てくる。

ハヤテは素知らぬそぶりでカウンター内に入っていく。ハツ子はきびきびとテーブルを拭いたり皿を下げたりしていた。

手で頬を何度もぬぐっていると、いつの間にかハツ子が前に座り、ハンカチを差し出してくれていた。

「臼井さん、いつも頑張っていらっしゃるものね」

彼女のシワだらけの顔は菩薩さまみたいに優しげで、よけいに涙が出てきた。ありがたくハンカチを受け取り、顔をうずめる。

やがて、気持ちが少し落ち着いた。

「すみません、みっともないところをお見せしてしまいました」

ハツ子は小さく首を横に振る。

「お店を切り盛りするのは本当に大変でしょ。時には誰かに愚痴を言ってもいいと思うわよ」

また落涙しそうになるが、ぐっとこらえた。

「私が自分で決めたことですから、頑張っているんですが」少しためらったのち、言った。

「実は、お店の経営がうまくいっていないんです。両親は店を出すことにあまり賛成してくれなかったので相談できずにいまして。それに……」

ハツ子が優しい瞳で見つめてくれていたので、思わず告げてしまった。

「一緒に住んでいる人が、二週間くらい前にふらっと出ていったきり帰ってこないことも気になっていて……」

独りで奮闘する中、一昨日、初めて客がゼロになったこと。逃げ出したくなってアジアン雑貨フェアにかこつけて一泊旅行し、散財してしまったことなども話した。

「あげくのはてに鍵を失くしてしまって」

しょんぼりと言うと、ハツ子はしばらくじっと見つめてきたのち、すっと立ち上がった。

「今日は暑いから、なにか冷たくてさっぱりするものを食べてはどうかしら」首をかしげてから、言った。「コーヒーゼリーはいかが?」

なんだか今の気分に合うような気がする。

「はい、お願いします」

「ハヤテさん、二番目の引き出しにあるレシピで作ってね。私の分もお願い」ハヤテは黙ってうなずき、キッチン内で手を動かし始める。「ちょうどお客さんも途切れたし、レコードでも聞きませんか？」

「レコード、ですか」

麻美が目を見開くと、ハツ子は楽しそうに大時計の横の棚の前まで歩き、引き出しを開ける。

「そうねえ、今の臼井さん……麻美さんとお呼びしてもいい？」

うなずくと、彼女はふわりと微笑む。

「麻美さんの気分はこんな感じかもしれないわ」

ハツ子が棚の上の蓄音機にレコードをセットする。

ゆったりしたジャズ調の曲で、日本語の女性ボーカルの歌はけだるい雰囲気だ。

内容は〝悲しみも楽しみもはかない夢、過ぎてしまえば思い出になる〟といったもので、間奏のピアノやサックスがリズミカルで、哀しい内容なのにどこか明るい空気を醸し出していた。

「宝塚歌劇団出身の歌手、池真理子《いけまりこ》の『センチメンタル・ジャーニー』。原曲は戦後すぐにドリス・デイが歌って、大ヒットしたのよ」

ドリス・デイも池真理子も知らないが、人生ははかない、と唄う彼女の声が自分の境遇にぴったりだと思ってしまった。

「私のセンチメンタル・ジャーニーは、まさに今です」

麻美は肩を落としてぼそりと言う。

「これまで必死に頑張ってきたのに、なにもかもうまくいかなくて、不幸な世界をひたすらフワフワと彷徨っているような気分です」

ハツ子はうなずいた。

「必死にやっているのに、なぜかなにもかも悪いほうへしかいかない時期ってあるわ。そういうときは自分が嫌になるものよね」

麻美は聞いてみたくなった。

「ハツ子さんは長くこの店をやっていらっしゃるようですが、うまくいかないなんてこと、ありましたか」

「しょっちゅうあったわよ」店主は明るく言う。「このお店は、主人の栄一さんのお父さんが昭和の初めごろ開業したの。私は小さいころからお客さんとして通っていたのだけれど、お店の雰囲気が好きでねえ。だから栄一さんと結婚したとき、率先して店を継いだのよ」

戦争中は空襲であちこち焼けてしまい、営業を中断した時期もあるという。

「正式に再開したのは戦後四年くらいして、飲食店をやってもいいという許可が出たときね。ここを、近所の人たちがいつでも気楽に集まれる場所にしたくて」

戦争で中断。空襲で店が焼ける。

平和な時代に開業してたった半年しか経っていない私の悩みなんて、ハツ子さんから見たらちっぽけなものなのだろうなあ……。

ハツ子は一度、口を引き結んでから言った。

「ひょっとして、今より昔のほうがずっと大変だったのに……なんて考えた？」

麻美がおずおずとうなずくと、彼女は真剣な表情で言った。

「それは違うと思うわ」

澄んだ瞳で見つめてくる。

「人は、いつも目の前のことが一番大変なの。その大変なことに、まっすぐ向き合うしかないのよ」

麻美はまた泣きそうになった。この高齢の女性はきっと、ずっとそうやって生きてきたのだろう。

「お待たせいたしました」

ハヤテが、側面に美しいカットが施された背の低いグラスを置いた。中には、煌めくようなキューブ形のコーヒーゼリーがたくさん盛られている。ソファの脇に置かれたステンドグラスのライトの灯りのせいか、ゼリーは艶やかな光沢を放っていた。

麻美は感動してつぶやいた。

「きれい」

「こっちもきれいよ」

ハヤテが持ってきた、底が丸くなっている大きめのグラスをハツ子は指さした。爽やかな雰囲気のブルーの液体が入っている。小さな泡が湧いているので、炭酸だろう。底の部分には一センチほど白いものが沈殿し、液体の上部にも白い泡がうっすら載っている。

ハツ子が宣言するように言った。

「これは、生クリームとソーダの宇宙なの」

老店主は自分の分のコーヒーゼリーをスプーンですくうと、丸底のグラスにそっと落とした。煌めくゼリーは上部の白い部分をゆっくりと通り抜け、青い液体の中をふわふわと漂って気泡を増やしたのち、下の白いところに着地する。

「コーヒーゼリーの宇宙遊泳よ」

「……宇宙遊泳？」

「人類初の月面着陸をテレビで見て、これを思いついたの。もう半世紀近く前ね。あらあら、年を取るのって早いわねえ」

ハツ子はけらけらと笑った。

こんなふうにステキに年齢を重ねられたらいいなあ。今の私は無駄に年を取っているだけでしかない気がする。

ふいに大時計が時の鐘を鳴らした。

普通の時計音とは少し異なる、アジアのどこかの国の楽器みたいなのんびりした音色で、まるでこの店だけ時が少しゆっくり進んでいるような、穏やかな心持ちになった。

針は時刻ちょうどを示していないのに、どうして何度も鳴っているんだろう。

眠気が襲ってきた。この店の居心地がいいせいかしら。

ああ、瞼《まぶた》が自然に閉じてしまう……


「すごかったな！　人類が月を歩いたんだぞ。そんな時代が来るとはなあ」

熱気を帯びた男性の声が聞こえた。聞いたことがあるような、ないような。

私、喫茶店で寝てしまっていたっけ。目を開けると、四十歳前後の男性が前に座っていた。

「母ちゃん、目が覚めたかい」

四角い顔の男性はこちらを向いてにかりと笑った。嫌だわ、私はあなたのお母さんではありませんよ。

しかし、彼は構わず続ける。

「昨夜からずっとテレビを見っぱなしだったから、眠いよな。でも俺は興奮しちまって、眠気どころじゃないよ」

男性は短髪で目がぎょろりとでかく、どこか愛嬌がある。

そうか、大家のたい平さんによく似ているんだ。だが年齢は彼の半分くらい。独身だと聞いていたけれど実は息子がいたのだろうか。それとも親戚かな。

彼の横には自分と同じかもう少し年上の女性が座っていた。丸顔で、頬にぽっこりえくぼが浮かんでいる。彼女も昂った様子で言った。

「あたしも熱くなっちゃって、ずっと友輝《ともき》に話しているのよ。これからは宇宙の時代だから、あなたももっと宇宙に関する薬の研究をしたほうがいいんじゃないかって」

「薬学部の息子くんはそんなこと言われても困るでしょ」大家さん似の男性は陽気に言った。「だいたいノリちゃん、宇宙の薬ってどんなものだい？」

ノリちゃんと呼ばれた女性は嬉しそうに答える。

「宇宙船の船酔いを止める薬とか、宇宙遊泳して筋肉痛になったのを緩和する薬とか」

「そんなの、いつ必要になるのかな。一般人が宇宙に行くのはずっと先だろうに」

「わからないわよ～」ノリちゃんは目を輝かせた。「二十四年前、ここらへんは空襲で焼けてしまって、あたしたち、な～んにも持っていなかった。でも、今は家にテレビがあって、人類が月に降り立つ瞬間を生放送で見られるのよ。あと二十四年したら普通に宇宙旅行できるようになっているかもしれないわ」

空襲って、終戦の年の東京大空襲のことかしら。それから二十四年後となると、昭和四十四年。西暦でいうと一九六九年。確かそのころ、アメリカのアポロ十一号が月面着陸に成功して、人類は月に降り立ったのだ。

店内をそっと見渡すと、内装の雰囲気がさきほどと大きく異なる。あちこち傷《いた》んだ壁や家具はレトロというより古くさい感じだ。

でもなぜだろう、妙に落ち着く。

きっと私は昭和時代の喫茶店にいる夢を見ているのだ。精神的にも肉体的にも疲れているから、こんな白昼夢を見ているのに違いない。

白いエプロン姿の、顎までの長さの髪にウェーブがかかった女性がにこにこしながらやってきた。

「そのうちに『どこかの星に移住する』なんて人も出てくるかもしれないわね」

ノリちゃんと同年代のその女性は、ハツ子さんによく似ていた。髪が黒くて顔のシワは少ないが、しゃきしゃきした歩き方とか、明るくほんわかとしゃべる感じとか、そっくりだ。今から四十七年前ということは、四十代のハツ子さんか。

そして、目の前の男性は四十歳前のたい平さん。私の律儀な性格が夢の中でも登場人物たちの年齢をきちんと守らせているってことかしら。

「宇宙に移住かあ。星ひとつが自分のものになったらステキ。名付けて『東中野〝かがやき薬局〟星』ね」

かがやき薬局はギンザ通り商店街にある。確か六十代後半くらいの男性が仕切っていた。この女性は、その店の関係者という設定かな。

「それが星の名前？　宇宙に行っても〝東中野〟って、どうなんですかい」

「いいじゃないの。こう言ったらなんだけどあんまり知られた街ではないから、あたしが全宇宙で有名にしてあげるのよ」

「愛してますねえ、この街を」

「生まれ育った場所ですもの。どうということのない街だって愛着があるわよ」

「特に名所もないけれど」ハツ子はしみじみと言う。「神田川の桜や紅葉はきれいだし、氷川神社は立派だし、なにより〝ギンザ通り商店街〟は、いい通りよ」

たい平が、急に真面目な顔をして言った。

「俺は宇宙になんか住まないぞ。地球がいい。いや、この街がいいんだ。ついに銀行に了承をもらって、あの土地に三階建てを建てることが決まったし」

ノリちゃんが手を叩いた。

「おめでとう。ようやっとね」

彼はしみじみと続ける。

「空襲で焼けてからずっと空き地だったが、やっと住まいを建て直せる。これで母ちゃんも、生まれたところで死ねるってわけだ」

彼はこちらを見た。私はたい平さんのお母さん役のようだ。

ノリちゃんが「ちょっとちょっと」と手をひらひらさせる。

「亡くなるための家を建てるみたいな言い方はやめてよね」

「でも」麻美は驚いた。自分がしゃべっているのだ。「生まれたところで死ねるって、幸せなことだよ」

声がしゃがれている。手を見るとシワだらけだ。自分はおばあさんになっている。夢だから。そういう設定の。しかし、実にリアルだ。

麻美は……たい平の母は話し続けた。

「あの家が焼けちまったときは本当に悲しかったよ。自分がいてもいいって場所が消えてしまった感じだった。その後いろんな人が助けてくれたのはありがたかったけれど、ずっと、それこそ宇宙を彷徨っているような、落ち着かない気分だったからねえ」

自分が話している言葉なのに、なんだか身に染みた。

母はふいに両手を合わせて頭を下げる。

「たい平、ほんとにありがと。あんたは福の神みたいだよ」

彼は、がははと笑う。

「顔は四角くて福々しくないが、そういうことにしとくかな」

照れ隠しの笑いのようだ。ちょっぴり涙ぐんでいる。

「親父が戦地からなかなか戻らなくて、妹や弟たちを食わせにゃならなくて、母ちゃんと必死に頑張ったよな。時々、ハツ子さんに愚痴をこぼしたものだ」

「あら、そんなことあったかしら」

ハツ子があっけらかんと言うと、たい平は大きくうなずいた。

「ハツ子さんが励ましてくれたんですよ。『辛いときに、いつまでも辛い自分とばっかり付き合ってると、地に足がつかないわよ』って」

「地に足がつかない……か」ハツ子は急に目を輝かせてカウンター内に消えて、じきに戻ってきた。「ちょっと食べてみてくれない？　試作品なんだけど」

さきほど見たのとそっくりの、背が低く大口のグラスにキューブ状の黒いゼリーがこんもり盛られているものを三つテーブルに置く。

「なんだい、これ」

「コーヒーゼリーよ」

「しゃれたもんだな。どうやって食べるんですか」

ハツ子はまたカウンターに戻ると、底に生クリーム、上に青いソーダが入っているグラ

ス も三個持ってきた。

「このコップに、四角いコーヒーゼリーを落としてみて」

ノリちゃんがスプーンですくって入れる。ゼリーはゆったりと沈んでいき、青い液体に小さな気泡ができた。

「あら、きれいね。海の中とか空とか、そんなイメージ」

「これは宇宙なの」ハツ子が断言した。「名付けて『コーヒーゼリーの宇宙遊泳』」

「底の生クリームの部分は、月面ってわけね」

ハツ子が苦笑いを浮かべる。

「私としては、それは地球なんだけど」

ゼリーを次々とソーダに放り込んでいたたい平が、顔を上げた。

「それじゃあ宇宙遊泳にならない気がしますが」

「ソーダが宇宙全体。そして、ひとときフワフワ浮いていたとしても、最後はちゃんと地球に着地する。そういうのがいいのよ」

「なるほど。ハッちゃんらしいわね」

ハツ子は満足げにうなずいた。

「月面を歩くのは夢があってステキだけれど、やっぱり地に足をつけて生活をするのが一番よ。地球には、地球にしかないよさがあるんだから」

全員がグラスの中の宇宙空間を見つめた。麻美も、目前に置かれたグラスの中にそっとコーヒーゼリーを入れてみる。黒いゼリーはきらきらと揺らめいたのち、地表にしっかり落ち着いた。

――いつまでも辛い自分とばっかり付き合ってると、地に足がつかない……

「ハツ子さんにかかると、コーヒーゼリーも壮大だな」

たい平さんが嬉しそうに言うと、ハツ子はつんとすまして答えた。

「でしょ。東中野から宇宙を見つめているから」

全員が笑ったのち、ノリちゃんが言った。

「ハッちゃん、なにか音楽をかけてよ。旅行気分になれるようなもの」

ハツ子は蓄音機に近寄る。

「宇宙の壮大な曲はないわねえ。ああ、ジャーニーというタイトルの歌ならあるわ」

ハツ子がかけたのは、さきほどの『センチメンタル・ジャーニー』だった。けだるい女性の歌声が、まるで宙をフワフワ浮いているかのようだ。

私も、いつまでも落ち込んでばかりいないで早く地に足をつけなきゃ。

ふいに時計が鐘の音を鳴らした。さきほどと同じような間延びした音で、聞いているうちにまた眠気が襲ってきた。

気持ちいい。本当に宇宙を飛び回れそうな気分……

はっと目を開けた。ここは……今は……

思わず顔に触れるとロイド眼鏡が手に引っかかり、自分であることが確認できてほっとする。

目の前のソーダはまだ炭酸をたくさん湛えている。寝ていたのはほんのちょっとの時間だったみたい。

戻ってきてほっとした。いやいや、別にどこかに旅したわけではない。

でも、まさか過去へ……？

ハツ子が、コーヒーゼリーをスプーンで持ち上げたまま言った。

「いつもはゼリーに砂糖は入れないのだけれど、少し甘みをつけてみたわ。宇宙遊泳には砂糖のパワーも必要かな、なんて思ったの」

彼女がソーダの宇宙にゼリーを入れたのを見て、麻美も真似をした。

上部の白い泡を通り抜け、きらきら光るゼリーは、ひととき青い世界をゆらゆらと遊泳した。やがて、白い地球に着陸する。

麻美は、何度もそれを繰り返した。

宇宙遊泳したって、最後はちゃんと戻ってくる。

ヒロシも、いつか戻ってくるかも。そんな希望が湧いた。

麻美は宇宙の中のゼリーをすくい、口に入れた。ほんのり甘い。そして、スプーンに少し残ったソーダのラムネ味が口内に沁みた。

地上の生クリーム部分も一緒にすくって、食べる。

ゼリーのプルンとした食感、クリームの柔らかい甘み、そしてソーダの爽やかさ、それらが交わって、身体に溜まった疲労が溶けていくかのように感じられた。

つるり。しっとり。しゅわしゅわ。

あちこち遊泳したあげくに帰ってきたコーヒーゼリーは、格別な味だった。

「……とっても美味しいです」

「よかったわ」ハツ子は小さな子供みたいに相好を崩す。「どこへ出かけていっても、また帰ってくる場所があるってステキよね。私はずっと東中野にいるわ。誰がどこへ出かけても、『おかえり』って言うために待っていたいから」

おかえり、か。

「この街がお好きなんですね」

「辛いこともあるけれど、悪い面ばかり見ていたら気持ちがますます暗くなっちゃうでしょ。だから、今自分がいるこの場所が宇宙の中のどこよりもステキ、って思うようにしているのよ」

ハツ子は目を細めると、柔らかく微笑んだ。

「たい平さんも、東中野が好きでずっと居続けたいってよく話しているわ。でも独り身でしょ。麻美さんが来てくれてすごく嬉しそうだったわよ。まるで自分の娘のような、というのは大げさですけれど、それに近い気持ちでいるみたいよ」

ドアが開いた。

「すまんすまん、遅くなっちゃって」

たい平が転がるように入ってくる。汗だくだ。麻美は立ち上がり、深々と頭を下げた。

「こちらこそ、すみませんでした。店と三階の部屋の鍵交換、だいたいいくらくらいかかるでしょうか」

「それだけど」彼は額の汗を手でぬぐいながら続けた。「これを機にビル全体の鍵の交換をしようと思いついたんだ。どこもかしこも古くて開け閉めしにくくなっているからさ。俺んちの鍵も、固くて苦労していて」

「じゃあ……」

「今回の交換は大家もちでやるから、心配しなくていいよ」

麻美はへなへなと座り込んだ。

「ありがとう、ございます」

たい平が慌てて駆け寄る。

「そ、そんなに交換の費用のことを心配していたのか」

麻美はがくりと顔を下げると、またゆっくり持ち上げた。

「それもありますが、このところ嫌なことばっかりだったのに、急にとてもいいことが舞い込んだように思えて、すごく嬉しくて」

「そいつは良かった。あ、ハツ子さん、ありがと」

たい平はハツ子からもらったおしぼりで顔中を拭きまくると、ほっかりと笑った。

「そういえば、今鍵を取りに家に寄ったら郵便屋さんと会って、これを預かったよ」

バッグから、水の流れが写る写真ハガキを取り出して麻美に渡した。

裏返して、はっとする。ヒロシからのエアメール。インドから。

「彼氏さん、半月くらい前の早朝に俺がビルの前を掃除していたら、『新たなステージのために旅に出ます』って挨拶して出かけていったけど、海外に行ったのかい。新しい商品の買い付けかな?」

ヒロシが大家さんにわざわざそんな挨拶を?

ハガキの写真をもう一度見つめる。大きな川の流れのようだ。端に小さな文字を見つけ、驚愕した。

『Looking at the Ganges,
I want to marry you』

なによ、これ。

——ガンジス川を見ている
　結婚しよう
胸が熱くなる。

まったく、自分勝手なんだから。私との結婚を決意するためにわざわざガンジス川まで行かなきゃいけなかったってこと？

麻美が瞳を潤《うる》ませたので、たい平が慌てた。

「おい、大丈夫かい。臼井さん」

「すみません。大丈夫です」麻美はハツ子のハンカチで目を押さえ、笑顔を作る。「たい平さんって、福の神みたいな人ですね」

「よく言われるよ。なんてな」

がははと笑う。


ハツ子のハンカチを「洗濯してお返しします」と無理やり預かり、《喫茶おおどけい》を辞去した。

路地から通りへ出ると、店とは反対の方向へ歩く。駅を通り過ぎ、麻美は神田川沿いに出た。さきほどまで、ただただ暑くて怠いと感じていた真夏の風が今は麻美を鼓舞してくれているように思える。

橋の中央に立ち、川のせせらぎを見つめた。昭和四十四年、人類が月に降り立ったときもここは同じように流れていたのだろう。

「ガンジス川じゃなくても、ここで充分なのにねえ」

川面に向かってつぶやくと、今度は空を見上げた。

真夏の薄青い宇宙が広がっていた。ソーダの中を漂うコーヒーゼリーを思い起こす。フワフワ。

地に足をつける。

——今自分がいるこの場所が宇宙の中のどこよりもステキ、って思う……

ハツ子の言葉が心に染みた。

私は東中野で、地に足をつけて頑張ろう。たとえヒロシが永遠にガンジス川から帰ってこなかったとしても、ここで頑張る。

東中野の新たな歴史を作る、くらいの意気込みで。

休　憩

ハヤテは出版社の担当編集者からのメールを開いた。

『先日のカフェ特集のイラスト、好評ですよ。特にクリームソーダやパフェがかわいらしいと人気です。また食べ物イラストのお仕事がありましたら、ぜひお願いしたいと考えております』

好評でよかった、と安堵する。食べ物を描くのは得意だ。実物を日々扱っているから、どういう角度が美味しく見えるかがわかるせいだろう。

うーん、と背伸びをした。夕方からずっと描き続け、身体がこわばってしまったので散歩でもしようと思い立つ。

ハヤテは店の二階にある自室を出て、八月初旬のむんとする夜気の中をそぞろ歩いた。東中野はＪＲ総武線で新宿から二駅という便利な立地のわりに、どこかのんびりした雰囲気のある街だ。

商店街を抜け、山手通りに出た。夜九時だが車は普通にガンガン通っているし、歩行者もそこそこいる。山手通りを南へ歩き、途中の信号で通りを渡って氷川神社の入口に立った。

明治時代、このあたりは〝村〟だったという。旧中野村の総鎮守社《そうちんじゅしゃ》がこの立派な神社だ。一礼して鳥居をくぐり、二つ目の鳥居でもお辞儀をし、石畳の道をゆっくりと進んでいく。大通り沿いなので車の音は聞こえるが、大ぶりの樹木が敷地を囲み、自然豊かで静謐《せいひつ》な趣の境内だ。

木々がざわりと揺れた。立ち止まって夜空を見上げる。緑の彼方に広がる宇宙に、星が瞬いていた。

ここはちっちゃいころから変わらないなあ。

医者の父、看護師の母を持つハヤテは、少し歳の離れた姉二人とともに東中野で生まれ育った。両親はいつも忙しく、家の近所の《喫茶おおどけい》で放課後を過ごすことが多かった。お店の落ち着いた雰囲気が好きだったし、様々な年代のお客さんたちが店主の孫に語ってくれる人生の蘊蓄《うんちく》は、大いに社会勉強になった。

ハヤテが中学のときに両親が無医村の離島に移住を決めた際、姉二人はすでにそれぞれ自分の道を歩んでいた。ハヤテは両親とともに島に行くか迷った末、東京に残っておばあちゃんの店の二階に住まわせてもらうことを選択した。

大学卒業後、企業に就職して会社員になったが、イラストを描く夢を捨てきれず、おととし思い切って退職し、《おおどけい》でバイトさせてもらいながらフリーのイラストレーターになることを決意した。

　イラストの仕事は少しずつ増えていて、最近は早朝や夜に描くだけでは時間が足りなくなってきていた。だが、店のバイトは辞めたくない。ハヤテにとって《喫茶おおどけい》は、自身の成り立ちの歴史のようなものだからだ。

　店の創業者であるハヤテの曽祖父は太平洋戦争で戦地へ赴《おもむ》き、帰ってこなかった。祖父の栄一もハツ子と結婚してすぐに召集された。戦況が悪化し、国民が大きな犠牲を強いられる中、ハツ子は一人で店を守った。東中野も空襲に見舞われ、店舗は一時期かなり損傷がひどかったが、彼女は持ち前の行動力と明るさとウルトラ前向きな精神で《おおどけい》を今日まで保ち続けた。

　祖母は六月で八十九歳になった。腰が痛いだの腕があがらないだの言いつつも、今も元気はつらつだ。どちらかというと淡白な性格の孫は、いつもハツ子さんを見習わねばと思っている。

　もっとも、おばあちゃんのお節介にはしょっちゅう巻き込まれているけれど。

　歴史保存会もそのひとつだが、ハヤテも最近は楽しいと感じるようになっていた。

　大学生の加奈が提案した「人の歴史に焦点を当てたい」という意見には皆も同感しているが、具体的な企画がまだ浮かび上がってこない。小暮さんが調べてくれた過去の記録に基づき、冊子の発行と展示会、それにイベント開催の三つを行うことは固まってきた。

そしてつい先日、アジアン雑貨店主の臼井麻美が「《喫茶おおどけい》で、なにかイベントができないでしょうか」とメールをしてきた。

彼女は、鍵を失くして店にきたあとは元気を取り戻したようだ。先日、ハツ子のハンカチを返しに来た際に嬉しそうに話していた。インドからの新たな商品仕入れルートを開拓して顧客の細かいリクエストに丁寧に応えるようにしたところ、熱心なファンができて商売が盛り返せそうだという。

そのとき、彼女はインド製のバンダナをたくさんくれた。象の模様がついた独特の色合いのものだ。保存会のメンバー全員に配った残りは、雑貨店の宣伝を兼ねて常連客に配るため籠に入れてカウンターに置いてある。

一緒に来た物憂げな雰囲気の男性は婚約者で、十月に籍をいれるそうだ。ハツ子さんがまた張り切ってお祝いしちゃうんだろうな。

ハヤテは神社の本殿にお参りをし、南へ抜ける階段を下りていった。さらに参道を進むと大久保通りに出る。左に折れ、まっすぐ歩いた。ほどなく、神田川が下を通る末広橋《すえひろはし》に着く。橋の中ほどに立ち、川面を見下ろした。川沿いの街灯に照らされた水面がおだやかに揺れていて、サワサワと流れる音が心地よかった。

店の大時計にふと思いを馳せる。

おじいちゃんが生まれたときからずっと時を刻み続けている大時計。戦時中の一時期、日本国民は金属などの物資を軍に提供する義務が生じたが、おじいちゃんは大時計が壊されぬようこっそり隠したそうだ。

戦後、時計は無事、店に戻った。以来ハツ子が守り続け、ハヤテが店を手伝うようになってからは自分が欠かさずネジを巻いてきた。

時は一秒ずつしか進まない。人間も一歩ずつだ。

いや、人はときに進めなくなってしまったり、後退してしまったりもする。でも、なんとか前に進もうともがく。それはきっと、今も昔も変わらない。

なぜ？　なんのために？

自分がなにかの、あるいは誰かの役に立つと信じたいから。

携帯がまた震えた。ありがたいことに仕事のメールだ。

ハヤテが今取り組んでいる、喫茶店を舞台にした小説のカバーイラストについて著者からリクエストがあったという。

『美味しそうなパフェの絵も、ちょこっと描いてほしいそうです』

小説では、パフェはメニューの中にしか出てこなかったはずだ。なんのパフェでもいいのかな。やっぱりチョコレートか、それとも……

ハヤテは西新宿方面の夜空に聳《そび》えるビル群を見つめながら、とびきり美味しそうなパフェを夢想した。うんと背の高いやつがいいよね。

熱い風が、さあっと頬を撫《な》でる。

自分ができること、今はそれを必死にやるしかない。

東京タワー・パフェ

「人って、なんのために働くんだろ」

八月の曇《くも》った夜空のもと、牛窪直樹《うしくぼなおき》は会社を出て駅までの大通りをとぼとぼと歩きながらつぶやいた。通りの先にいつものようにライトアップされた巨大な東京タワーが見えるが、今夜はなぜか色褪《いろあ》せて感じられた。額の汗が流れて目に入りそうになり、掌《てのひら》でぐわっと顔をぬぐう。

視線を下げると、革靴の先が汚れているのが目に入った。

入社時に「優秀な営業員は見映えのよい靴を履いている」とネットの記事で読み、奮発して高い靴を買ったが、こまめに手入れをしなかったせいかじきに傷んでしまった。その後は給料もボーナスも上がらないままなので、二年ちょっとの間に買い替えた靴はどれも安物ばかりだ。それらも手入れを怠《おこた》っているためにすぐに薄汚れてしまう。

「まるで、今の僕みたいだな……」

思わず漏れたため息が、靴先に落ちていった。

直樹は明るい性格だが、小さいころから少し思慮が浅くそそっかしい面があった。三歳年上の兄が真面目で気難しいタイプなので、家では直樹がムードメーカーだった。興奮してはしゃぎすぎたり、よく聞いていなかったために間違ったことをしたりしても、大らかな両親は笑って許してくれた。「直樹がいると、うちが明るくなっていいわねえ」

小、中、高と成績は並で、少しぽっちゃり体形のためか運動もあまり得意ではなかったが、直樹がふざけて流行りのマンガのキャラを真似すると友達が盛り上がってくれたので、自分はそこそこ人気者だと思っていた。

難しいことを考えるのは苦手だ。いつもその場が無事にすぎればいい。そんなふうに過ごしてきて、実際、無難に楽しい学校生活を送った。

大学はいわゆる三流と呼ばれるようなところだったが、友達とマンガのコミケに行ったりアニメの聖地を訪ねたりと、それなりに充実したキャンパスライフだった。彼女ができたのも大学に入ってからで、同じアニメを好きだという同級生と付き合ったが、卒業間近に自然消滅した。

人生初の挫折《ざせつ》は、就活だった。

堅物の兄が比較的すんなり就職を決めたので、自分もなんとかなると軽く考えていた。しかし、直樹にはアピールできる成績やバイト経験、ボランティア活動が皆無で、百社近くエントリーシートを送ったがほとんど書類審査で落とされた。自分は社会から必要とされていないのかと、とことん落ち込んだ。

そんなときに見つけたのが浄水器や空気清浄機などを販売する、三田にある社員百人ほどの会社だった。キャッチフレーズは「暮らしの健康を支える会社」で、一縷《いちる》の望みを託して応募すると、面接にこぎつけることができた。

社長は地味な雰囲気の人でおよそカリスマ性はなかったが、社風を淡々と語る誠実そうな様子に心を動かされ、直樹は懸命に自己アピールをした。

「社長のお言葉に、本当に感動しました。お客様の健康を支える仕事を、私もしたいです」

その場で内定を言い渡され、「ようやく僕を必要としてくれる場所が見つかった」と晴れがましい気分になった。会社を出てふと顔を上げると、大通りの向こうに聳える東京タワーが、直樹を歓迎しているかのように輝いて見えた。

入社後に、会社は慢性的な人手不足だったと知り、採用されたのはそのせいかと拍子抜けしたが、ともかくも頑張ろうと張り切った。二週間の研修ののち、同期の社員、狭山健人《さやまけんと》とともに家庭用浄水器の営業部に配属された。

上司の宇賀治《うがじ》部長からキャンペーンのチラシの束を渡され、港《みなと》区、渋谷《しぶや》区、品川《しながわ》区にそれぞれ分担を決めて撒《ま》くように言われた。直樹は張り切って答える。

「ポスティングは営業の基本ですね。了解しました」

狭山とともに会社を出ると、直樹は明るく言った。

「近いところからでいいよね。まずは会社の周辺から」

ひょろりとした物静かな狭山は、携帯を取り出した。

「俺は品川のこのエリアから撒くよ」地図のアプリを示す。「会社のそばはとっくに撒かれているだろうから」

「あ、そう。じゃあ僕も品川から」

彼はじっと直樹を見つめてきた。

「分担を決めろって部長が言ってただろ。一緒じゃ勉強にならないって意味だよ」

彼が駅へ向かうのを取り残された気分で見送り、ひとまず三田から、と会社のそばの管理人が目を光らせていなそうなマンションを探して歩いた。

チラシの量はとても多く、一日かけて半分も撒けなかった。翌日、狭山が次の束をもらっているのを見て、「自分もください」と見栄を張った。しかし、要領が悪いのかまったく配り切れない。休日もこっそり撒いたが、狭山と同じように毎日もらってくると、チラシは家に積み上がってしまった。

翌月には電話営業が始まった。名簿を渡され、電話をかけて営業トークをまくし立てる。最初のうちは楽しかった。お年寄りの女性は直樹の話を楽しそうに聞いてくれる。だが、「お伺いして、さらに詳しい話を」と持ちかけると、なぜか体《てい》よく断られてしまう。口が上手いわけでもなさそうな狭山がアポを決めてどんどん出かけていくのに、直樹はいつまでも電話の前から離れられなかった。

訪問販売の業務に移っても、成績は一向に上がらなかった。一ヶ月のお試しキャンペーンはOKしてもらえても、期間が終わると「もういい。撤去して」と言われてしまう。一方の狭山は、試してくれた客とほぼ必ず本契約を結んでいた。

直樹の営業成績は振るわぬまま二年目に突入し、入ってきた新入社員にも成績を抜かれた。

宇賀治部長は常に淡々と直樹を指導した。決して怒鳴ることはないが、なんだか冷たく感じられた。

「今週も成約ゼロか」がっかりした雰囲気で部長は言う。「この間私が言ったことはやってみたか。その結果、改善点を見つけることはできたか」

言われたとおりにやっているつもりだけど、なぜかうまくいかない。

「己の欠点を見つめなおすんだ。それがわからなければ前に進めないんだぞ」

最初は楽しそうに話を聞いてくれるお客さんが結局契約してくれないのは、たまたま買う気のない人ばかりだっただけじゃないのかな。

「今日、お客様からクレームが入った。君の説明が不十分で使い方がわからないと」

あのお客さん、時間がないからと説明を自分から遮ったのに。

「君の態度がノロくてイライラしたとも言われた」

そりゃあ、そんなにキビキビと動けないことは自覚している。でもその分、丁寧さを心がけているし、笑顔も忘れていないつもりだ。どうして評価してもらえないんだろう。

同期の狭山は成績トップをキープし、直樹は底辺を這《は》う状態が続いた。

社会人三年目の四月初旬、母が言った。

「卓彦《たくひこ》義伯父《おじ》さんって、覚えてる?」

母の八歳年上の姉の、旦那さんが岡《おか》卓彦だ。五年ほど前の母方の祖母の葬儀で、妙にテンションの高い高齢男性がいたことを思い出す。伯母《おば》よりもかなり年上で、自分の義伯父にしてはずいぶん年寄りだなと驚いたっけ。

現在八十三歳。最近少し認知症の症状がでてきたが、以前から関わっている民間活動の会があり、親戚などの近しい人に新たなメンバーになってほしいと言っているそうだ。

「ボケちゃっても、そういうことは覚えているんだね」

「直樹、その会に参加してちょうだい」

ろくに顔を覚えてもいない義伯父の、そんな会になんで、と抵抗したが、認知症の人は思い込んだことを何度でも言うので、伯母は、新メンバー選出について義伯父から四六時中せっつかれてすっかり参っているという。二人には子供がいないし、伯母は小金井《こがねい》の自宅で書道教室を開いていて忙しい。

「卓彦さんには親戚がいないでしょ。だから、うちに話がきたんだけど」

直樹の母は人材派遣会社で部長として働いており土日の出勤も多く、兄は関西在住だ。

「姉さんの心の平穏のためにも、お願いね。会には若手のメンバーを募るそうだから、いろんな意味で新たな出会いがあるかもしれないわよ」

出会いとは、新規の顧客とか、あるいは女性とか……

人心を摑むのがうまい母の口車に乗せられて引き受けたが、一回目の会合で早くも後悔が押し寄せた。まったく好みのタイプではない派手なメイクの女子大生や、偉そうなオジサンや、やたらテンションの高い雑貨店経営者という顔ぶれで、浄水器の話を持ち出す機会はまったくなさそうな雰囲気だ。

三回目の会合では少し活発な意見が出てくるようになったが、直樹はますますやる気を失っていた。

僕はもう必要ないんじゃないかな。そもそも卓彦義伯父さんのことはほとんど知らないし、東中野もぜんぜんわからないし。

八月のある朝、出社すると部長から呼び出された。前日に直樹が浄水器を設置した客から朝一番で「昨夜、浄水器の蛇口から水が染み出ているのに気づいた」とクレームが入ったという。

設置時に気づかなかったのかと詰問され、直樹は戸惑った。そういえばちょっとだけ水滴が表面に浮かんでいたが、次のアポもあって急いでいたので、そのままにした。そうは言えず、ぺこりと頭を下げた。

「すみません、すぐに替わりのものを持っていきます」

だが、客は別の営業員をよこせと注文をつけたという。代わりに行くことになった狭山は、迷惑そうな顔で言った。

「おまえさ、部長の言うことちゃんと聞いてる？　返事はいいんだけど、結局指示を守っていないこと、多いよな」

聞いてるよ。ただ、自分でこうしたほうがいいと思ったら、指示とは違うこともやるよ。臨機応変も大事だよね。

長年勤めている事務の年配女性社員からも、ちくりと言われた。

「牛窪さんってちょっとそそっかしいというか、言われたこと忘れちゃう、ってことあるわよね。そういう態度が、お客さんからは途中で投げ出しているように見えるんじゃない？　最後まで責任を持つ、ってスタンスでやらないと」

途中で投げ出したりしていない！　一生懸命やっているつもりだ。まあ、たまに忘れちゃうことはある。でも人間、誰だってそういうときはあるよね。

部長から改善策のレポート作成を命じられ、直樹は残業してなんとか書き上げた。

こんなことばかりじゃ営業の仕事が進まず、ますます成績がさがってしまう。うまくいかないのは運が悪いせいだと自分を慰めてきた直樹も、これ以上どうモチベーションを保ったらいいかわからなくなった。

そもそも、僕が浄水器を必死に営業して、それがなにかの役に立つんだろうか。きれいな水を飲みたい人は買うし、そういう余裕のない人は買わない。それだけのことだ。〝お客様の健康を支える〟なんて、そんな大げさな仕事じゃないよな。

直樹は会社からの帰り道、八月の曇った夜空の下を歩きながらつぶやいた。

「人って、なんのために働くんだろ」

鮮やかなはずの東京タワーのライトアップが、今夜は色褪せているように思えた。

明日はところにより雨だと天気予報で言っていたっけ。

翌日は休日。ベッドでゴロゴロしながら携帯でマンガを読んでいると、メールが入った。

《喫茶おおどけい》のハヤテから次回会合の日程のお伺いだ。

決めた。もう、断ろう。

歴史保存会なんて、あってもなくても世の中に支障はきたさない。年寄りたちの自己満足のために忙しい労働者を巻き込まないでくれ。彼らの年金を支えているのは僕たち若い世代じゃないか。

母は今日、仕事でいない。だったら直接義伯父に言おう。気持ちが怯まぬうちにと、義伯父宅に電話をかけて来訪する旨を告げた。

岡卓彦の家は閑静な住宅街の中にひっそりとあった。古びてはいるが、赤い瓦屋根の葺《ふ》かれた立派な二階建て木造家屋だ。玄関前はきれいに掃かれ、脇の小さな花壇に愛らしいミニひまわりが並んでいる。

卓彦義伯父は白いシャツとカーキのズボンを身に着け、縁側に置かれた肘掛椅子にちんまり座っていた。面長で額が広く、真っ白な髪は丁寧に撫でつけられている。

大きな掃き出し窓から入る真夏の陽射しは、吊るされた簾《すだれ》によって上手に遮られていた。日陰でまどろむ義伯父は、まるで世間から忘れ去られているかのようだ。

直樹が縁側の床に正座すると、卓彦は怪訝《けげん》そうに言った。

「誰だい？　害虫駆除なら間に合っているよ」

「直樹です。甥の」

「ああ、直樹くん」急ににこにこと答える。「すっかり立派になったから誰だかわからなかったよ」

「あの、『東中野の歴史を保存する会』のことなんですけど」

「ありがとう。歴史保存会は直樹くんが行ってくれているんだよね」

そこだけ記憶がしっかりしているんだな。直樹は思い切って告げた。

「じつは、仕事がとても忙しくて、この先、会に参加するのが難しいみたいなんです」

「そいつは難儀だが、まあ、ひとつよろしく頼むよ。とても大事な会だからね」

なんだか通じていない。もっとはっきり言わなければ、と語気を強める。

「ですから、忙しくて行かれそうもないので、僕は会をやめます」

義伯父が突然、険しい顔で怒鳴った。

「歴史は残さにゃならん！」

その豹変ぶりに慌てる。

「で、ですが、僕にも事情が」

「人間の歴史は、のちのちまで述べ伝えねばならないのだ！」

凄い形相で、脇にあった小テーブルの引き出しを開けてごそごそと中をかき回し始めた。

直樹は必死に食らいつく。

「でも、僕みたいに関係のない人がやっても意味がないですよね」

卓彦の顔が真っ赤になり、唇がぶるぶる震える。

「いいか、名もなき人間こそが、なしとげねばならんのだ」

端が破れたグレーの古いノートを膝の上に置くと、必死にページをめくっている。

ミミズののたくったような縦書きの文字が見えた。義伯父は急《せ》いたようにそれを読もうとする。

「……おれたちは、名もない……しょく……ゲホッゲホッ」

急に咳込んだので、伯母が飛んできて背中をさすった。すっかり興奮し、話を続けられそうになかった。

義伯父が少し落ち着いたあと、やつれた様子の伯母は玄関まで見送ってくれた。

「直樹くん、面倒なことをお願いして申し訳なかったわね。主人はあなたが引き受けてくれたことをとても喜んでいたから、やめると聞いてショックが大きかったのかもしれない。折を見て私がちゃんと話すから、もう少し待ってくれる?」

認知症の人を世話するって大変だろう。直樹は自分が悪いことをしている気分になった。でも、これ以上続けていたら僕がどうにかなってしまう。

駅までの道中、雨が降り出した。天気予報を見ていたのに傘を忘れたな。

戻って借りるのもはばかられ、そのまま駅まで歩いた。真夏の雨は涼をもたらしてくれるでもなく蒸し暑いばかりで、シャツが身体に張り付いて不快だったし、近道のため公園を横切ったら、革靴に土がついて薄汚れてしまった。

ホームで電車を待ちながら考える。伯母さんが義伯父さんに話してくれるって言ったから、それで終わりでいいか……。

——最後まで責任を持つ、ってスタンスでやらないと年配女性社員の言葉が脳裏に浮かんだ。ちくしょう。

そうだ、会のほうに断りを入れよう。あの元気そうな会長さんに話すのはなんだか恐いから、ハヤテさんに言おう。あの人に伝えれば、ちゃんと断ったことになる。

せめてもの〝責任を持つ〟やり方はそれしかないと、直樹は東中野へ向かった。

《喫茶おおどけい》には客がいなかった。

いつもながら淡々としたイケメンのハヤテが、「よかったらどうぞ」とさりげなくタオルを持って出迎えてくれる。ありがたく受け取り、濡れた頭などを拭きながら彼を見つめた。

ルックスがいいって得だよなあ。狭山もひょろりとしているから、客受けがいいのかも。僕も少し痩せたほうがいいのかな。といっても、ダイエットはいつも失敗しているけど。

店主のハツ子は、いつも会合で使う大テーブルに残った食器を片付けていた。

「牛窪さん、いらっしゃい。どうぞ、そちらのくつろげる席に座ってね」

革張りの古いソファを指される。端に小さく継ぎが当てられているが、座り心地はよかった。ハツ子は使用後の皿を重ねてよっこらしょと持ち上げながら微笑む。

「忙しいのにいろいろありがとうね。ちょうどお客さんも途切れたし、ゆっくりしていらして。直樹さんとお呼びしてもかまわないかしら」

はいもちろん、とつい元気よく答える。

いかん、あんまり親しげに話していたら断りにくくなるぞ。

ハヤテが水のコップと茶色いカバーのメニューをテーブルに置いた。その動作はいかにも優美で、こんな古びた喫茶店のウエイターにはもったいない気がした。〝東中野ギンザ通り〟ではなくて本物の銀座の一流レストランでも充分働けそうだ。ちゃんとしている人は、きっとどこで働いても通用するんだろうなあ。

ふと聞いてみた。

「ハヤテさんは、ずっとその細い体形ですか」

彼は一瞬だけ驚いた表情を見せたのち、照れたように笑った。

「なかなか太れなくて」

それってぽっちゃりの相手に言っちゃいけないセリフだよ。いや、聞いたのが間違いだった。イケメンの自覚のなさそうな彼が体形を気にしてダイエットしている姿は想像できないもんなあ。

「そうなんですか。羨ましいっす」直樹は自虐的に自分のお腹をつまんでみせた。「僕なんて、ここ二年ですごい太っちゃって。ストレス太りかな」

ハヤテは小さく微笑むと、カウンターのほうを見やった。

「体形が変わらないのは、あの人こそそうですけれど」

ハヤテの祖母は小柄で、いつもしゃきしゃきと動いているイメージだ。

「そういえば、ハツ子さんて何歳くらいなんですか」

「八十九歳ですよ」

卓彦義伯父のほうが六歳年下だが、ハツ子よりもずっと老けて見えた。

「体形キープの秘訣《ひけつ》はなんだろう」

つぶやくと、ハヤテも小声で答えた。

「いつも他人の世話を焼いているから、太る暇がないんだと思います」

冗談かな、と笑おうとしたが、彼が祖母を見つめる瞳は優しくて大真面目な感じだ。

他人の世話か。そんな余裕は僕にはない。自分のことさえちゃんとできていない。だからこそ、今日はきっちり断らねば。

だが言い出しにくく、ひとまず会合の際には見たことのなかったメニューを開いてみる。

料理やドリンクなどのきれいな絵が載っていた。イラストレーターをしているハヤテさんが描いたんだろう。カウンターにも、ハツ子さんと旦那さんであろうご老人の仲睦まじそうな笑顔のイラストがハガキ大の額に入って置かれている。

「お腹空いていらっしゃる？」

ハツ子が手を拭きながら快活な足取りで厨房から出てきた。

「えっと、いえ、そんなでも」

彼女はじっと直樹を見つめ、言った。

「ちょっとお疲れのご様子ね」

そうなんですよ、客からクレームつけられて反省文書かされて同僚や事務の女性から批判もされて、身も心も疲れていまして、だから会を脱退したいんです……

「ええ、まあ」

「甘いものはお好きかしら」

大好きだが、さっき体形の話をしたばかりなのであいまいにうなずく。

「今年も栃木からイチゴが届いたばかりなの。それを使ったメニューで、疲れが吹っ飛ぶスイーツがあるのよ。あなたの義伯父さんも大好きでねえ」

ハツ子は目を細めてうふふと笑った。こちらもつい笑顔になる。

「じゃあ、それをいただきます」

「ハヤテさん、二番目の引き出しのレシピで作ってね」

ハヤテはうなずくとカウンターに入り、古びたノートを取り出した。

「ない材料は、代用品でいいですか」

「ああ、そうねえ。任せるわ」

古いレシピなのかな。なんの材料がないんだろう。

ハツ子はカウンターの向こうの窓へ顔を向け、「雨が降っているのね」とつぶやいた。

店の周囲は建物に囲まれているようだが、窓外の十畳ほどのスペースが中庭になっており、雨に濡れそぼった低木の枝々がときおり吹く風でざわざわと揺れるのが見えた。

　彼女は足取りも軽く、大時計の隣の棚に近寄った。

「音楽をかけてもいいかしら」直樹がうなずくと、ハツ子は引き出しからレコードを取り出す。「この曲が聞きたくなったわ」

　棚の上の蓄音機に、丁寧にレコードをセットして元気よくレバーを回した。

　そういえば直に見るのは初めてかも。直樹は立ち上がり、ハツ子の隣でレコードが回るのを見守った。この溝に針が触れることで音が出るって、なんだか不思議だ。

　弦楽器が、ハワイアンみたいな明るい雰囲気の前奏を奏でる。続いて始まった歌は日本語だ。雨の中を歩きながら、別れてしまった彼女のことを想って歌う男性。間奏に口笛が入り、二番は英語の歌詞。

　失恋ソングだから哀しい内容ではあるが、どこか明るく間延びした曲調だ。初めて聞いたのになぜか懐かしい気分になる。いつも聞いている高品質のスピーカーの音とは異なる〝ジジ〟という雑音みたいな響きが味わい深くて、曲全体が心にゆっくり染みてきた。

「おしゃれな歌ですね」

「『雨に歩けば』よ。ジョニー・レイという、一九五十年代に活躍したアメリカの歌手が歌った曲を小坂一也《こさかかずや》とワゴン・マスターズがカバーしたの。ジョニー・レイのものも日本で流行って、ラジオからよく流れていたわねえ」

「半世紀以上も前の曲なんですね。意外と新鮮に感じます」

ハツ子は直樹を見上げて柔らかく微笑んだ。

「辛いとき哀しいときにこんなふうに歌を歌えたら、少し気持ちが軽くなるかもしれないわね」

音痴だしなあ、と肩をすくめると、ハツ子はさらりと言った。

「直樹さん、今日はなにか用事があっていらしたのではないかしら」

はっと彼女を見つめる。包容力溢れる天使みたいに優しい顔つきだ。

「じつは……！」

思わず力んだものの、言いにくい。卑怯かな、聞かれてようやく告げるなんて。でも、今しか機会がない。

「仕事が忙しくて、歴史保存会をこれ以上続けるのは無理だなあと思いました。それで……」

「プロジェクトメンバーをやめる、ということですか」

ハヤテがカウンターから淡々と声をかけてきたので、直樹はほっとして続けた。

「うちの会社、けっこう厳しくて。ノルマが達成できないと怒られるし、ただでさえ僕は成績が振るわなくていつも肩身が狭いし、気分的にも保存会みたいなのんびりしたことをしている余裕がなくて」

ハヤテは小さく顎を引く。

「わかりました。岡卓彦さんは了承済みですか」

「やめるって言ったら怒り出しちゃって、ちゃんと聞いてもらえませんでした。そのうちに伯母が話してくれることになっています」

ハツ子がしみじみとした口調で言う。

「認知症の人は、昔のことはよく覚えているのに今言われたことは忘れてしまうのよね。人によっては感情的になってしまうそうですし」

ハヤテとハツ子はうなずきあった。

「会長には僕から話しておきます。会長が、岡さんに話してくれると思います」

ハツ子が深々と頭を下げた。

「大変だったのに引き受けてくれてありがとうね。卓彦くんもきっと直樹さんの気持ちには感謝していると思いますよ」

そんなふうに言われると心が痛む。もともと母さんから押し付けられただけだし、なにも貢献していなかったし……

「お待たせいたしました」

ハヤテがそろりそろりと運んできたのは、背の高いイチゴパフェだ。

生クリームとアイスクリームをクッションにして、イチゴがこれでもかとうずたかく積まれている。棒状のチョコ、たぶんポッキーのチョココーティング部分だろう、それが塔の柱のように周囲に数本配置され、高さを強調していた。

直樹はソファに座りながら言った。

「なにかの塔みたいですね」

ハツ子は、自信たっぷりに言った。

「これは『東京タワー・パフェ』なの」

なるほど、赤くてすらりと高いので、雰囲気は出ている。

「この時期にイチゴを送ってくださる栃木の方がいてねえ」

そういえば、果物って今は一年中食べられる感じがするが、本当は取れる時期が決まっていて、イチゴは五月ごろが旬のはずだ。

「このパフェを作ったときに東京タワーはまだ完成していなくて、赤と白の塔だとは知らなかったのですけれどね。ひょっとすると、私のパフェを参考にして色を決めたのかもしれないわ」

ハツ子が自慢げに言うと、ハヤテがぼそりとつぶやいた。

「さすがにそれはあり得ないかと」

「いいのよ、そう思ったほうが楽しいから」口を尖らせたのち、すぐに相好を崩す。「さあどうぞ。日本一の高さの……ああ、今は違うけれど当時はそうだった東京タワーのパフェをあがってくださいな」

直樹はおずおずとロングスプーンを持ち上げた。

まずはトップに丸ごとちょこんと載っている鮮やかな色の形のよいイチゴをすくって食べる。新鮮でジューシー、そして驚くほど甘い。こんな美味しいイチゴは初めて食べたかも。

次に生クリームと半分に切られたイチゴ、それにイチゴソースを同時に口に放りこむ。さらに、その下のバニラアイスもすくって食べると、口内に幸せな甘いハーモニーが広がった。

ポッキーは指でつまんでかじってみる。チョコの甘みとクッキー部分のサクサク感が、さきほどのイチゴやクリームとは異なる食感と味で、ほどよいアクセントになった。

ああ、パフェって、食べてるだけでほっとできるよなあ。この背の高い甘いものを独り占めして征服しているって気分になれて、いいなあ。

大時計が鐘を鳴らした。

あれ、何時だろう。ちょうどの時刻じゃないのに鳴っているなんて、変だな。少し間延びしたような音色だけど、低くてゆったりしていて、頭の中にじんわり広がってくる感じだ。

繰り返される音を聞いているうち、ふいに眠気が襲ってきた。

おかしいな、目を開けていられない……

「俺のせいです、本当にすみません、イチさん」

目を開けると、若い雰囲気の男性が泣きながら頭を下げていた。

直樹はぼんやりしたまま考える。

この人、誰？　なんで僕の前に座って謝っているんだろう。

男性は顔を上げた。汗と涙と、なんだかわからない汚れでぐしゃぐしゃだ。面長で額が広く、眉がまっすぐで、昭和の白黒映画に出てきそうな昔風のイケメンだ。しわくちゃの黄ばんだシャツを袖まくりしており、ズボンはグレー。顔も腕も真っ黒に日焼けしている。

うたた寝している間になにか起きたんだろうか。

直樹は右手を上げようとして、包帯が巻かれているのに気づいた。顔にも包帯が付いているらしく、右目は視界も悪い。

口を開こうとして頰のあたりに痛みが走り、うっと呻《うめ》いた。

「イチさん、まだしゃべれないです。口の周辺を十針以上縫っているんですから」

顔を、縫った？　いったいいつどこで。なにがどうなっているんだ。

パニックになり、包帯のついていない左腕を持ち上げ、身体に触ってみる。幸い、覆われていたのは顔と右腕のみのようだ。だが腰も背中もひどく痛む。全身打撲といった感じだ。

「一郎《いちろう》さん。できるだけ動かないほうがいいようですよ」

左脇から心配そうな女性の声が聞こえ、そろそろとそちらに顔を向けた。黒い半袖ニットと、くるぶしがしっかり見える細身の黒いパンツを纏った二十代後半から三十代前半の小柄な女性が立っている。

「最初は全身の骨折が疑われたそうですから」

訳がわからず向かいの男性に目をやると、彼は深くうなずいた。

「幸い……といったらなんですが、怪我は右の腕の骨一本と手首の複雑骨折、顔が切れたことだけでした。お医者さんは、イチさんが丈夫な体の持ち主だからこの程度で済んだのだろう、って言ってましたよね」

僕が骨折？　誰かと勘違いしているんじゃないか。第一、僕は「一郎」なんて名前じゃない。

よく見れば、今いるここは《喫茶おおどけい》とは雰囲気がまったく異なる。確かにこのソファはあったし、カウンターの位置も入口そばの大時計も同じだが、そのほかの内装はまったく違う。ずいぶんとボロい……いや、質素な雰囲気になっていた。

黒い服の女性が小ぶりの白い紙袋をテーブルに置いた。

「さっきここへ来たとたんに気を失うように眠ってしまったでしょ。時々痛みで顔をしかめていらしたから、差し出がましいようですけれど近所の薬局から鎮痛剤をもらっておいたの」

〝東中野かがやき薬局〟と印刷された袋には『山田《やまだ》一郎様』と書かれている。

眼前の男性は彼女にも頭を下げた。

「ハツ子さん、すみません。お休みで映画に行くところだったのに、店をわざわざ開けてもらって」

彼女は柔らかく微笑んだ。

「タクヒコくんが落ち着いて話をする場所としてここを思いついてくれて、嬉しかったわ。喫茶おおどけいは、皆がほっとできる場所でありたいから」

卓彦は義伯父の名前だ。

確かに、あのぼんやりした老け顔を若返らせてキリリとさせ、日焼けさせたら、目の前のこの人になりそうだ。

彼女がしゃがみ込んで、彼を仰ぎ見た。

「卓彦くん、いつまでも謝っていたら一郎さんがかえって困ってしまうわよ」

彼は目を大きく見開くと、またボロボロと涙をこぼした。

「俺が考えなしに動いたせいなんです、ハツ子さん。いったいどうしたら……」

ハツ子は喫茶店の老店主の名前だ。しゃがんでいるのでよく見える彼女のニットの襟足部分は、小粋な感じにV字カットされていた。これって昔の映画で流行ったスタイルだよね。アニメで、往年のアメリカ人女優のスタイルを真似たキャラがいたので覚えている。丈の短いパンツは〝サブリナパンツ〟っていうやつだ。

この若者が卓彦義伯父さんで、こっちの粋なスタイルの女性はハツ子さんか。

笑おうとして、顔が痛んだ。

これは夢だな。ついに白昼夢を見るほど疲れて病んでしまったんだ。

病院に行って診断書を書いてもらって、会社を休もう。しばらく家に引きこもってアニメばっかり見ていよう。きっと、そうすることが必要なんだ。

なんだかほっとした。もう辞めたっていいや。だって、僕がいなくても会社は回っていく。同僚や後輩が上手くやっているんだから。

直樹はテーブルに置かれた新聞に目を留めた。開かれたページには映画のタイトルと劇場名、小さな数字の羅列が載っている。へえ、昔は新聞で上演時間を確認したのか。日付は昭和三十三年八月。西暦でいうと一九五八年。つまりこれは、そのころの夢ってことだ。

義伯父さんは今八十三歳だから、目の前の人は、ええと二十五歳。僕と同じ年ごろだ。自分よりも格段に大人っぽくて、一人前の男って感じがする。昔の人はみんなこんな感じだったのかな。ハツ子さんは六歳上だから三十一歳って設定か。

自分は誰を演じているんだろう。一郎と呼ばれたが、そんな人は知らないな。身体の感じでは二十代とか三十代とかの、かなり逞しそうな男性だ。

「ハツ子さん、聞いてくださいい。俺、イチさんや他の仲間と、塔の中腹にいたんですが」

卓彦がそう言うと、ふいに直樹の頭の中に戸外のシーンが浮かんだ。

視界を遮るものがない高い場所。空が広いぞ。夏の暑い陽射しが容赦なく降り注いでいる。工事中の塔の鉄骨の上だ。何人もの男たちが綱渡りのように鉄骨上を行き来しており、労働者の汗のにおいまで感じられた。

ハツ子はゆっくりとうなずく。

「今話題の、新しい鉄塔の建設現場よね」

卓彦義伯父は、まるで彼女に許しを乞うかのようにうなだれたまま話を続ける。

「年末までには竣工《しゅんこう》させるのだと上から厳しく言われてるんですが、工事はいつも遅れがちで、今日は特に、俺の担当の作業が遅れて焦ってたんです」

新聞の日付から察するに、東京タワーのことを話しているようだ。受験のときに〝三並びで覚えたっけ。昭和三十三年竣工。高さは三百三十三メートル……

直樹は高所恐怖症ではないが、脳内の映像にはクラクラした。命綱がないのに、男たちは気にする様子もなく作業をしているのだ。一郎という人が体験したシーンが見えているってことなのだろうが、頬を撫でる熱い微風まで感じられ、眼下に見える小さな車や人も妙にリアルだ。

あの蟻みたいな人間は、浄水器を売るために地面を這いつくばっている僕かもしれない。なんてちっぽけな存在。いてもいなくても、社会はまったく変わらず動いていくんだ……

「そのとき」義伯父が声を震わせる。「俺たちより少し上にいた作業員が叫んだんです」

——風が、出てきたんじゃないか？

「みんな、身体を硬くしました。ちょっとした風でも命取りになるからです。別の誰かが叫びました」

——すぐに撤退しよう
一郎が即座に工具をまとめて降りる準備を始めたとき、目前の若者が振り向き、軽い調子で告げた。

——イチさん、これだけ設置しちゃっていいすかね
鉄塔上の卓彦は、右手に鉄の塊を握りしめている。

「あとひとつ部品を設置すれば、ようやく俺の分の作業は予定に追いつくはずだったんです。だから……」

一郎が厳しい口調で返した。

——いや、即座に降りるんだ
しかし、卓彦はぱっとあちらのほうを向いてしまう。

――平気平気。すぐ済みますんで、自分が、ちっとだけ行って……

「一歩踏み出そうとした瞬間、突風が吹いたんです」卓彦の顔が歪む。「足を踏みはずして、身体が傾きました。ああ、落ちる！　そう思ったとたん、俺は鉄塔に引き戻されました」

一郎が彼を引っ張ったのだ。しかし次の瞬間、その一郎がバランスを崩し、落ちていった……

直樹の脳内に、スローモーションのように、空が、雲がゆっくりと遠ざかるのが見えた。やがて全身にものすごい衝撃を受ける。

一郎の落下事故を直樹も体験したかのように、一瞬、強い痛みを感じた。身体がバラバラになりそうだ。助けてくれ。顔から血が流れ出るのがわかり、仰向けの状態で苦悶《くもん》していると、天から雨粒が落ちてきた……

「俺のせいで……イチさんが！」

卓彦が涙と鼻水で顔をぐしゃぐしゃにしながら、過呼吸のように悶《もだ》える。

「落ち着いて」ハツ子が彼の両腕をがっしり摑んだ。「イチさんは、ここに、無事に生きているわよ」

卓彦は子供のようにうんうんとうなずく。

「あいにく突然天気が変わってしまったのね。だから突風が吹いた。誰も予測できなかったことよ」

義伯父の興奮は少しおさまり、鼻水をすすりながらつぶやいた。

「イチさん、監督に『自分の不注意で落ちた』って言ったんですよ。俺をかばって」

直樹の……一郎の左手が上がり、「いいんだ」というように数回振られた。

カウンターの向こうに目をやると、窓外に雨がしとしと降っているのが見えた。ガラス面に水滴がいくつも張り付き、水煙でぼやけた低木の緑が激しく揺れている。

天候のせいだ。不運だ。しかたない。一郎がそう思っていることが感じられる。だが直樹は心がチリチリと痛んだ。運が悪いではすまされないことじゃないか……

一郎がふいに右手を持ち上げた。直樹も痛みを感じる。

「うっ……」

「イチさん、右手を動かすのはまだ無理です」

左手が、ペンかなにかを持つ動作を見せる。

ハツ子がボールペンをその手に握らせテーブル上にノートを広げると、一郎はぎこちない手つきで書き出した。ミミズがのたくったような文字が並んでいく。

おれたち　は　名も　ない

あれ？　この文、見たことがある。

卓彦は、反対側から必死に読み上げる。

「おれたちは、名もない……しょくにんだ……だけど……日本のミライを……つくって……いる」彼の声が震え、また涙が目からこぼれた。「おれたちが、毎日、つみあげたんだ……あの塔を、毎日、毎日、毎日……」

山田一郎さんは自分の想いを文字に託しているのだ。直樹の胸が苦しくなる。

たとえ　名前がのこらなくても
おれたち　名もなき人間が　なしとげた仕事は
生涯　あそこに　建っている

そうやって

卓彦は嗚咽《おえつ》をこらえつつ、最後の文字を読んだ。

「歴史は残さねばならない……」

名もなき人間。

そんな人々が日本の未来をつくっている。

鳶《とび》職人たちがそんな気概を持って造った東京タワーを、僕は、己の不運を身勝手に呪いつつ、ため息交じりに見上げていた……

卓彦はしばらく肩を震わせていたが、やがて落ち着き、しみじみと言った。

「イチさんの言葉、心に刻んで生涯忘れません」

少しの沈黙ののち、ハツ子が弾んだ声で言った。

「甘いものでも食べない？　卓彦くん、好きよね」

卓彦はようやく少しほっとした顔をこちらに見せる。

「この店で、アイスとかプリンとか夢みたいに美味しいものを食べるのが俺の楽しみなんです」

「お菓子職人をしている従兄がおすそわけにくれたから、これを使ってなにか作るわ」

ハツ子は小ぶりの木箱を大事そうに出してきて、中を見せた。

美味しそうな真っ赤なイチゴが並んでいる。

「こんな時期に珍しいですね」

「栃木には夏でもイチゴが作れるように開発している農家さんがあるんですって」

彼女は人差し指を顎にあてしばし考え込んだのち、はっと閃いたようにカウンターに飛び込むと、さきほど蓄音機で流れた『雨に歩けば』の曲をハミングしながら白いエプロンをつけた。サブリナパンツを流行らせたオードリー・ヘップバーンみたいにきびきびしていて、カッコいいなあ。

やがて、大きなグラスを二つ持って颯爽と出てきた。

「イチゴの鉄塔パフェよ」

自慢げにテーブルにそれらを置く。

さきほど現実世界で食べた『東京タワー・パフェ』によく似ていた。

「一郎さんのは、口に入りやすいようにイチゴを小さく切ってありますから」

一郎は左手でスプーンを持ち、トップのイチゴをそっとすくって、小さく開けた口の中にそろそろと運ぶ。

甘い。少し酸っぱい。

故郷の味。そういう言葉が頭に浮かぶ。

左手がペンを持つ。

田舎が栃木

「まあ、そうなんですか」

ふるさとの味だ

そう書いた手が震えていた。気づけば、一郎の涙が頬を伝い、包帯を濡らしていた。

「イチさん、ぜんぜん自分のこと話さないから知りませんでした。栃木出身なんですね」

卓彦もまた瞳を潤ませ、パフェを食べながらしみじみと話す。

「俺はこの東中野で生まれ育ちました。親父は、戦争から帰ってきてくれましたが身体を壊していて、母が代わりに働いて俺を育ててくれました。その二人とも俺が十八歳になる前に亡くなってしまいましたが、ハツ子さんや、ほかの近所の人たちがずっと支えてくれて、これまでなんとかやってきたんです」

必死に働いて、日本一の塔の建設に呼ばれたときには本当に嬉しかった。だから張り切っていた。

「俺、小さいころからお調子者だって言われていたんです。周囲の人を明るく盛り上げるのが好きで、そのまま大人になりました。だけど、調子がいいのと仕事で大雑把《おおざっぱ》なのは違うんですよね……」

卓彦の苦悩の顔を見て、直樹の心も重くなった。

——調子がいいのと仕事で大雑把なのは違う
血が繋がっているわけでもないのに、義伯父さんと僕って似ているところがある。

「俺はこのまま、あの仕事を続けてもいいんでしょうか」

直樹は戸惑ったが……一郎が大きくうなずいた。

そして左手で拳を作る。

まるで、ガンバレ、とでもいうように。

卓彦は、救われたような表情を浮かべて深々と頭を下げた。

一郎はまた左手にペンを持った。卓彦が顔を突き出して彼の文字を追う。

「そうですか、お父さんは戦争で……」

山田一郎は、訥々《とつとつ》と己の人生をノートに書き綴《つづ》った。途中、卓彦が尋ねながら、彼の生い立ちがつまびらかになっていく。

栃木で生まれ育った一郎は、父を戦争で母を病気で亡くした。兄弟もなく、遠い親戚の家に引き取られたが過酷な扱いに耐えかねて飛び出し、かっぱらいなどを繰り返して流れ流れて東京に出てきた。

工事現場で必死に働き、持ち前の体力と如才無さでめきめき頭角をあらわし、周囲から一目おかれる鳶職人になった。そして、今回の仕事に呼ばれた……

一郎はペンを握りしめる。彼の気持ちが直樹に押し寄せてきた。

未来は輝かしいはずだったのに、こんな怪我をしてしまった。医者から、右手は元のようには動かないだろうと告げられた。衝撃を受けたが、下手をすれば命を落としていたのだから、とも諭された。

もう鳶はできない。これからは、誰でもできるような簡単な力仕事を求めて彷徨うことになるのか。

直樹は彼の想いを必死に辿った。

塔の仕事はこの青年に託そう。彼が悪いわけでもない。あんな突風は避けようがない。

ここで故郷の味に出会ったことにはきっと意味がある。そうだ、俺は……

ひさしぶりに　栃木に　帰るかな

「……落ち着いたら居場所を知らせてくださいね」

卓彦は泣き笑いしながらアイスクリームをすくってほおばった。

一郎は……直樹は、こみ上げる熱い感情を抑えるかのようにパフェを口に入れた。美味い。甘くて、切なくて、働く者へのご褒美のような味。途中の棒状のチョコは手でつまんだ。ポッキーよりも太くて短い。

思わず、これは？　と持ち上げて首をかしげた。

「イチさんが、これはなんだと言っているみたいです」

「フィンガーチョコレートよ。戦前はけっこう食べたのだけれど、一時期なくなっちゃって、最近、また見かけるようになったから買っておいたの」

「こんな棒状のチョコレート菓子があるんですね」

卓彦はパフェをたいらげ、しみじみと言った。

「俺たちが作っている塔みたいに、高くて、カッコいいパフェでした」

ハツ子は優しく微笑む。

「私は工事現場に行ったことはないけれど、新聞で写真を見たわ。ものすごく高いんですってね。塔の名前はもう決まっているの？」

「まだです。公募しているそうで、じきに決まるんじゃないかな」

一郎がまた左手でペンを持ち、たどたどしく書いた。ハツ子が覗き込む。

「東京……タワー？　それが一郎さんの命名ね。ステキだわ」

「東京の象徴の塔だから、『東京タワー』か」

「じゃあ、私はこのパフェを『東京タワー・パフェ』って命名するわ。そして、美味しい夏のイチゴが入ったときだけ作ることにします」

「そんときは呼んでください。イチさんにも声かけて、二人で食べにきますから」

一郎は空のグラスを見つめ、弱々しくうなずいた。

ハツ子がそっと蓄音機に近寄り、レコードを載せる。

『雨に歩けば』が流れてきた。

この喫茶店に来ることも、レコードを聞きながらモダンなパフェを食べることも二度とないかもしれない。雨の中を歩くときに思い出すのはきっと、もう関われないあの鉄塔のことだろう……一郎のそんな思いが伝わってきて、直樹は胸がいっぱいになった。

一郎さんは東京の象徴のような塔を作った職人だ。そんな素晴らしい仕事をしたのに、このまま消えていってしまうなんて。

なにか声をかけてあげたい。だが、自分は自分なので話せない。もどかしい……

「一郎さん」ハツ子が優しく言った。「必ずまた『東京タワー・パフェ』を食べに来てくださいね。待っていますよ」

卓彦がまた深々と頭を下げた。

「イチさん、一緒に来ましょう。お願いしますね」

大時計がけだるい音を鳴らした。直樹の視界はぼやけている。涙のせいか。頭の中も霧がかかったみたいにぼんやりしてきた。

なんだか優しい鐘の音だ。また、眠くなる……


目を開けると、食べかけのパフェが残っていた。

チョコの棒はフィンガーチョコではなく、ポッキー。アイスもクリームもほとんど溶けていないので、眠っていたのは一瞬なのかもしれない。

ゆっくり見回すと、おばあさんのハツ子と孫のハヤテがカウンターそばで話している。

「この時期に、この品質のイチゴはありがたいですね」

「そうなのよ。代替わりしてお孫さんが継いだそうだけど、変わらずに夏のイチゴを今年も送ってくれて」

直樹の頭がしゃっきりする。右手を動かし、ポケットに手を突っ込むと携帯があった。今は、二〇一六年……

そっと顔に触れる。包帯も怪我もない。僕は、僕だ。ほっとすると同時に、なんだか寂しいような気持ちになった。

直樹はおずおずと二人に話しかけた。

「卓彦義伯父さんは、このパフェをよく食べていたんですか」

「ええ」ハツ子は顎を引いた。「毎年、夏になると『イチゴが入ったら知らせてください』って毎日のように連絡がきてねえ」

「そのう、一人で来るんですか？」

ハツ子は一度口を引き結んでから言った。

「いつも、一人でした」

やはり、イチさんは……

「イチゴは私の従兄が紹介してくれた農家に頼んでときどき送ってもらっていたのだけれど」

ハツ子はカウンター内に入ると、紙の箱を持って戻ってきた。

「平成に入ってからだったかしら、別の農家がこちらに送ってくれるようになって」

ハツ子が見せてくれたイチゴの箱の脇には『やまだいちろう農場』とあった。

「やまだ……いちろう！」

「以来、この時期にはその農家から送ってもらうことが定例になったの」ハツ子が優しく微笑む。「東京で働いていたときに卓彦さんと知り合った山田さんって人が作った農場で、息子さん、お孫さんと三代続いているのよ」

一郎さんは故郷に戻り、家庭も持ったんだ。直樹は心の底から安堵した。

東京タワーを造った人々。それは名もなき職人たち。その一人一人に、それぞれドラマがあったに違いない。タワーが完成し、当時の日本の高度成長の証となり、人々は世界に誇れる塔が出来たと感動した。だけど、職人たちのことは誰も覚えていない。

仕事ってそういうものかもしれない。有名になって名を残す人もいるけれど、ほとんどの人が自分や家族のために必死に働いて、そんなものは歴史には残らない。でも、そういう人たちがいなかったら、世の中は回っていかない……

義伯父が見せてくれたあのノートの文字には、イチさんと義伯父の熱い想いが詰まっていた。僕が義伯父さんからちゃんと話を聞いたら、そういうこともわかったかもしれない。昔のことは不思議とよく覚えているそうだから。

「僕は、いっつも中途半端なんです」

　直樹がつぶやくと、ハツ子は穏やかにうなずいてくれた。

「おしゃべりが得意で調子がいいから、最初はお客さんも話を聞いてくれるんですけど、そのあとの仕事が雑なんでしょうね。上司から言われたことなんかも『まあ、これくらいでいっか』って手を抜いたり、忘れちゃったり」

　老店主は静かな笑みを崩さない。まるで神様に懺悔《ざんげ》をしているみたいだ。事故が起きた時の義伯父も、ハツ子さんに話を聞いてほしくて《おおどけい》に来たのかもしれない。

　直樹は宣言するように、ゆっくりと言葉を紡いだ。

「『これくらいで』と勝手に決めないで、上司の指示や会社の方針がどうだったかちゃんと確認してから動く、そのあとは逐一振り返って反省する……そういう、ごく当たり前のことをコツコツしていかなきゃいけないと、ようやく気づきました」

　ハツ子がにっこりと笑った。

「自分で欠点に気づけることは素晴らしいわ。すでに前に進んでいる証拠ね」

　照れくさくなり、パフェをすくって口に運ぶ。イチゴの甘みに、しみじみとした。

　鳶職人を辞めていちごを作った山田一郎さん。必死に働いて立派な家を持った卓彦義伯父さん。どちらもすごい。

　すべてたいらげ、直樹は言った。

「美味しかったです。このパフェ、東京タワーを造った人たちの想いが詰まっているような、そんな味でした」

「あの塔は、たくさんの人たちのたゆまぬ努力の積み重ねなのね」ハツ子はあたたかい声で言った。「人は日々のルーティーンをこなしているとき、成果が見えてこないと焦ってしまうものよ。でも、積み重ねていけば東京タワーみたいに立派なものを創り上げられる、と信じることが大切ね。その人は、きっとその仕事に必要とされているのですから」

努力の積み重ね。

必要とされている。

伯母の言葉をふと思い出す。

――主人は、あなたが引き受けてくれたことをとても喜んでいたから
せっかく僕を必要としてくれたのに、なんの努力もしないまま断ろうとしていた。

直樹は立ち上がると、おずおずと言った。

「やっぱり、歴史保存会、もう少し続けます」

ハツ子が目を細めた。

「それは嬉しいわ。またいらしてね。でも、無理のない範囲でいいのよ」

卓彦義伯父さんは気づくのに大きな犠牲を伴ったけれど、僕は、この小さなお店で自分の欠点に向き合うことができてよかった。

鳶職人のイチさんのイチゴは、立派で美しくて、幸せを感じさせてくれる果物だ。ここに送られてきたのは平成になってからだそうだから、事故のあと故郷に戻り、ハツ子さんに自信をもって提供できるまで、きっと何十年も努力して品種改良をしたんだろう。

僕がそれなりの営業になるのにもたくさん時間がかかるだろうし、小さな努力の積み重ねが必要に違いない。それは大変なことだ……

自分の左手で、握り拳を作ってみた。

――頑張れ

一郎さんが応援してくれているような気がして、勇気が湧いてきた。

「会合以外でも、お気が向いたらぜひまたどうぞ」

ハヤテが静かに見送ってくれた。

雨が上がっていたが、『雨に歩けば』をハミングしながら直樹は商店街を進んだ。

足元を見る。

まずは靴を磨かなきゃ。

侃々諤々

「僕は、東中野の企業も巻き込んだらいいと思うんです。スポンサーを募って、予算をつけて、ちゃんとしたイベントをやりたいんです」

牛窪直樹が張り切って言ったので、麻美が、まあまあ落ち着いて、と手を振った。

「気持ちはとってもわかるけれど、そんなにすぐにスポンサーは得られないと思うわ。だから、あまりお金をかけずにできることにしないと」

小暮は大きくうなずく。

「その通り。創意工夫でいいイベントにするのが我々プロジェクトメンバーの腕の見せどころだ。もっとも、手伝いの人が多いにこしたことはないから、そこには多少費用をかけねばならないかもしれん」

加奈が手をあげた。

「人手はなんとかなりそうです。地元の友達に話したら、面白そうだからボランティアで手伝うと乗り気なので」

「それはいい。さすが東中野っ子だ」

「小暮さん、その言い方はちょっと」

加奈が苦笑すると、小暮はびくりとした。

「すまん、パワハラか。モラハラ？　それとも……」

「そんなんじゃないですけど、なんか古くさいというか」

小暮はショックを受けたような顔になる。

「……そうなのか」

「加奈さん、『古くさい』ってのは小暮さんがかわいそうです。まるで年寄りだって言っているみたいで」

「いや直樹くん、その言い方のほうが小暮さんに失礼では」

「ええっ、麻美さん、僕またそそっかしい発言でしたか」

ハヤテは活発に話すメンバーを見回したのち、カウンター脇の揺り椅子に座るハツ子を見つめた。

気持ちよさそうに昼寝をしている。

侃々諤々《かんかんがくがく》の議論……というより和気藹々《わきあいあい》のおしゃべりといったほうがよさそうなざわめきは、祖母のほどよい子守歌になっていた。

「じゃあ次回までに、お金をかけずに地元の人が楽しめるイベント企画を考えてこよう」

小暮が明るく締めて、散会した。

ハツ子は、さもすべて聞いていたかのような顔で「今日もご苦労さま」と全員を送り出した。

誰もいなくなると、こちらを向いてけらけらと笑う。

「とっても楽しそうになったけど、相変わらず進んでいないわねえ」

まさにそれです。

「こんな調子で来春になにかできるのかなあ」

「まあ、なんとかなるでしょ。活気が出てきたし」

おばあちゃんは心配していないってことか。だったら、本当になんとかなるのかもしれない。今日もまったく口を挟まなかったし。

いつも思うのだが、祖母が人に声をかけたり労わったりするサジ加減は絶妙なのだ。話を聞いてほしい人には静かに微笑み、励ましてほしい人には優しく促し、叱ってほしい人にはぴしりと言葉を投げかける。

どうやったら、そんなふうになれるのかなあ。

じっと見ていたら、ハツ子が怪訝そうにこちらを見返す。

「なあに?」

「いや、別に」

大時計が十一時を告げた。ハヤテとハツ子はのんびり鐘の音を聞く。ごく普通の〝ボーン〟という響きだ。

鳴り終わるとハツ子は顎に指を当て、首をかしげた。

「今日も暑いわねえ。お客さん来るかしら。ああでも来週は旧盆だから、故郷に帰る人たちが『その前に』と顔を出すかもしれないわね。意外と忙しいかも」

言ったそばから客が入ってくる。常連の、大学生と専門学校生の若いカップルだ。

「いらっしゃい、太雅《たいが》さん、小夜《さよ》さん」

ハヤテが出迎えると、太雅は照れ臭そうに言った。

「ソファ席いいですか？　来週からしばらく小夜がおばあちゃんの家に行くっていうから、その前にゆっくりしようと思って」

彼も以前に《おおどけい》で不思議な体験をした一人で、それ以来、頻繁に来てくれているのだった。

「大事なデートなのに、うちでいいの？」

ハツ子が首をかしげると、小夜はきれいな黒髪を揺らして大きくうなずいた。

「ハツ子さんのお店がいいんです」

嬉しいわサービスしちゃう、と老店主はご機嫌な顔で二人を案内した。

どんな仕事でも「あなたがいい」と言ってもらえたら、それはとても嬉しいことだ。仕事以外でもそうだ。「あなたがいい」「あなたでなくては」と言ってもらえることが生きる喜びに繋がる。

人は、人のために頑張る行為によって、逆に救われるのかもしれない。

オレンジ・イン・オレンジ

「すみません、もう一度お願いします」

青池《あおいけ》ひとみが病室のベッドの上でそう言うと、医師は細いフレームのメガネのブリッジを指で押し上げながら答えた。

「抗リン脂質抗体症候群、です」

自分よりひと回り以上年下の三十歳前後であろう青年の淡々とした説明を、ひとみは信じられない思いで聞いていた。

「抗リン脂質抗体という自己抗体が体内に作られ、血液が固まりやすくなる病気です。今回の肺塞栓症《はいそくせんしょう》もそれが原因で引き起こされたのでしょう」

ひとみは胸のあたりの布団をぎゅっと握りしめる。

「一般的な言い方ではエコノミークラス症候群ですね」

飛行機や車に長時間座る人がかかるイメージだ。確かに座りっぱなしの仕事をしているし、ここ数年で体重が少し増えていた。でも、まさか私がそんな病気になるなんて……

「今回は軽い症状のうちにご来院いただいたのが幸いしましたが、命を落とす方も少なくないんですよ」

なぜか責められているような気分になる。

「血液が固まりやすい……血栓ができやすいということは、いろいろな病気を引き起こし得るということで、今後は細心の注意が必要です」

医師は冷静な口調で説明を続けた。

——肺塞栓症や脳梗塞《のうこうそく》、全身性エリテマトーデスなどの併発の可能性

——指定難病のひとつ

——原因は不明で、根本的な治療方法は確立されていない……

ちょっと待って。

人を絶望に追い込むような言葉をよくも次々と。そんなのすぐには受け止められないわ。

「今後の生活や治療法については追って説明します。ご家族など一緒に話を聞かれる方はいらっしゃいますか」

なんとか、返事をする。

「一人で大丈夫です」

「では改めて血液検査と画像検査を受けてください。薬物療法で血栓症を予防することが大切ですが……」

さらに聞き慣れない言葉がひとみの頭上をぐるぐると駆け巡り、身体と心が暗い沼に沈み込むような感覚に陥る。このやる気のなさそうな若い医者は本当にちゃんと診てくれた

のか。誤診ということはないのか……

医師が去り、四人部屋にたまたま一人で入院していたひとみは、つい今朝まで所属していた日常の社会から突然締め出されたような感覚に陥った。

ひとみはフリーのライターだ。

神奈川県横浜市生まれで、両親にたっぷり愛情を注いでもらって育ち、大学卒業後は東京の小さな出版社に就職した。書くことが好きだったので営業や編集をする傍ら、女性のライフスタイルに関する文章を雑誌へ投稿したりネットで発信したりした。反響はそれなりにあり、三十代後半で思い切って独立を決意。自宅兼仕事場用に中古マンションを川崎《かわさき》市に購入して書く仕事に専念し、十年余りが過ぎたところだ。

仕事は順調だった。著書も毎年のように出しており、雑誌やネットでの連載も抱え、週に二回は徹夜に近い作業をするほど忙しく過ごしていた。

以前から多少の体調不良はあったが、たいしたことではないと軽く考えていた。昨夜もほぼ寝ないで自室のデスクで執筆した。すると今朝方、呼吸がとても苦しくなり、やっとのことでタクシーに乗って近所の医院に行った。医者はすぐに救急車を呼び、気づけば大学病院のベッドに寝かされていた……

まだ信じられない気持ちが強かったが、冷静になろうと努めた。

治療にはどれくらい費用がかかるのか。保険に入っていたはずだが、こういう場合は適用されるのか。仕事にはいつ復帰できるのか。そもそも、仕事は続けられるのだろうか。

ふいに恐怖を覚えた。私は、いつまで生きられるんだろう……

ベッド脇のテーブルに置かれたバッグから振動音が聞こえて仰天する。ごそごそと携帯を取り出し、そのまま握りしめていると振動は止まった。

母から四回もかかってきていた。まさか、なにか気づいたのでは。医者が電話した？　そんなはずはない。連絡先を知らないんだから。

母の顔が浮かび、さらに気が重くなる。もともと心配性なところがあり、八年ほど前に父が胃がんで亡くなってからは、母の心配のすべてがひとみの健康に向けられていた。もし病気を告げたら、母自身が具合悪くなってしまうかもしれない……

ひとまず言わずにおこう。いや、ずっと言わないでおこう。

病室を見回した。

ベッド脇のモニターが淡々と動くのみで、奇妙な冷ややかさが満ちている。大きな窓の外では残暑の太陽が強く煌めいていた。どこもかしこも、どこか非現実的だ。

また携帯が振動する。覚悟して出た。

「ごめん、ちょっと打ち合わせが長引いていたの。なにか緊急の用？」

努めて元気に話すと、母のしず江は言った。

『忙しいのにすまないわね。歴史保存会はそろそろ出られそう？　次の集まりは今度の土曜日と聞いているけれど』

　母が会長を務める「東中野の歴史を保存する会」にはまだ一度も参加できていない。次こそは、と思っていたのに。

「それが、取材で遠出しないといけなくなって来週まで東京に戻れそうにないの」

『そう』母は一拍遅れて、明るい声で応えた。『仕事ならしかたないわね』

「進行係の羽野島颯さんという人から毎回丁寧なメールをもらっているのに、申し訳ないわ」

『会合はだんだん活気づいているとハヤテさんから報告を受けているし、ハツ子さんも順調だと太鼓判を押してくれたわ』

「ハツ子さんがそうおっしゃるなら、安心ね」

　ひとみは三年ほど前に《喫茶おおどけい》を訪れて、母が恩人と慕う女性と会っていた。明るくて感じのいい老婦人だ。

「この次は必ず行く。せっかくメンバーにしてもらったのに、本当にごめん」

『忙しいんでしょ。無理しないでね。身体は大丈夫？　ちょっと声がかすれているみたいだけど』

「取材でしゃべり続けていたせいよ」

　さらりとした口調を心がける。

『落ち着いたら顔を出してね。会とは別に、美味しいものでも食べましょう』

なんとか平静を保って電話を切ると、待ち受け画面に大きなため息を落とした。

この春に母から歴史保存会を手伝ってほしいと言われたときは、二つ返事で引き受けた。いろいろな年代の人と接することができる機会は、ライターとしてもウェルカムだからだ。

ひとみが独立して三年目に父が亡くなり、その後、母は若い時分に住んでいた東中野に居を移した。幼馴染や知人がたくさんおり、地元の活動に率先して参加して元気にしているので、ひとみは安心していた。

なのに自分がこんなことになるなんて。

まさか、母より先に死ぬなんてことは……

大きく頭を横に振り、携帯のメモ欄を開いた。プロジェクトメンバーを引き受けた際に、母から会の古参メンバーと参加予定の新メンバーについて聞いて書き留めておいた内容を読み返す。

『難波《なんば》ツミさん。去年七十七歳で永眠。大学生のお孫さんが参加』

『小暮日出夫さん。七十八歳。練馬の老人ホーム在住。大手商社勤務の五十代の息子さんが参加』

『桂川たい平さん。八十五歳。東中野在住。所有するビルのテナントの女性が参加』

『岡卓彦さん。八十三歳。小金井在住。奥さんの妹の子供、義理の甥っ子さんが参加』

プロジェクトメンバーの会合が始まってからは、ハツ子の孫で店を手伝っている青年、ハヤテが主導する一斉メールを毎回チェックしている。最初はみんな遠慮していたのか控えめな内容だったが、最近は活発な意見が飛び交っていて、とても楽しそうだ。

ひとみは唇をかんだ。

病気を打ち明けないとしたら、母に怪しまれぬようできるだけ早くこの会に出席しなければ。しっかりしろ。めげているヒマはない。

一週間で退院できたものの、今後は血栓ができないよう注意深く生活せねばならないと医者から厳命された。

病気についてあらゆる記事を検索して読み漁ったが、病院で得た以上の情報は得られず不安が増しただけだった。

顧《かえり》みると、ひとみはかなり不健康な生活を送っていた。集中すると三時間でも四時間でも座りっぱなしで文章を書いた。気づけば身体がガチガチになっていることはしばしばで、肩こりは常にあったし、足のむくみもひどかった。食事も不規則。どかっと食べて、あとは何時間も水さえ飲まないということもままあった。運動も皆無だ。

医師からは、自律神経を整えることが肝要だと言われた。栄養バランスのよい食事をこころがけ、睡眠をしっかりとり、適度な運動も。だが、そんなことに神経を使っているとまったく仕事がはかどらない。

常に胸が重く、身体が怠《だる》い。ひょっとするとこれまでもそんな状態がたびたびあったのに、気づかぬふりをして気合いで乗り切ってきたのかも。あと二年で五十歳。無理のききにくい年齢になったことを痛感した。

めまい、頭痛、息苦しさ、怠さなどが続き、少し執筆してはすぐに休む、を繰り返した。健康についての記事はたくさん執筆しており、「自律神経を整えることが大事だ」なんてしゃあしゃあと書いたこともあった。まったく自己管理ができていなかったライターの健康情報なんて、誰も読まないのでは。そんな不安まで湧いてきて、書くことに自信がなくなっていく。

病気を告げたら仕事先から敬遠されるのではという恐怖を覚え、誰にも言わずにいた。だが思うようにはかどらず、締め切りを延ばしてもらったり依頼された執筆をキャンセルしたりすることが続き、焦りが募った。

指定難病になれば治療費の助成があるが、申し込みをしても審査が通るかどうかわからないという。その手続きにも時間を取られ、書きたいと思っていたテーマの取材が後回しになるなど、なにもかもがうまくいかないまま一ヶ月ほどが過ぎた。

以前の職場の同期で今は子育てしながらパートで校正の仕事をしている女性が、「最近、ひとみの評判あんまりよくないわよ。締め切りとか気を付けたほうがいいわ」と遠慮がちに知らせてくれた。ありがたいが、落ち込んでしまう。

ほんの少しの文才と、惜しみない努力と、体力にものを言わせた取材力、そして必死に培ってきた人脈。それがフリーライターの命綱だ。なのに、こんな状態が続いたら仕事が先細りしてしまう。

焦れば焦るほど体調が悪化し、気力も萎《な》えていった。


九月。

残暑は厳しく、身体の怠さは抜けなかった。

著書の原稿はまったく進まず、刊行予定日はまた先送りされた。

つきあいの長い出版社に頼み込んで単発の記事の仕事をようやくゲットし、必死に書いた。が、十分ほどパソコンに向かうと気持ちが不安定になり、立ち上がってうろうろしたりベッドに寝転んだりしてしまう。

自分から頼んで得た仕事だ。なんとしても締め切りを守ろうと、二晩ほぼ徹夜で書き上げ、朝方、ようやくメールで記事を送った。

くたくただ。

母からランチに誘われていたことを思い出す。またキャンセルする？　いや、今日こそは行かないと疑われてしまう。

メイクで目の下のクマを誤魔化し、少し早かったが八時過ぎに家を出る。ぐずぐずと家にいたら、ベッドにもぐりこみたくなってしまうからだ。

電車はすでに混み出しており、東中野に着くまでに気分が悪くなった。明け方にパンをかじっただけだが、食欲はまったくない。

久方ぶりに東中野駅に降り立つ。半年ほど前ここに来た時は自分に病気があるなんて思いもよらなかった。あのときは母とビールを飲みながら、アラフィフでお肌が荒れてきて嫌だな、運動しなくちゃ、などと平和な話題で盛り上がっていた。

しっかりしろ。母に心配をかけないよう元気そうに振る舞うのだ。

家には十時ごろ行くと言ってある。まだ早いからどこかでコーヒーでも飲もうか。いや、カフェインは控えている。喉が渇いた。めまいがひどい。久々に満員電車に乗ったせいかもしれない。

ギンザ通り商店街をノロノロと歩く。そういえばこの通りの中ほどに《喫茶おおどけい》があるのだった。確か九時ごろから開いているはず。挨拶をしていこうか。

……おかしい。道が歪《ゆが》んで見える。まっすぐ歩けない。

ようやく、路地に店の袖看板を見つけた。この奥のはずだ。しかし、足が前に進まない。

ベンチがある。手を伸ばしたが焦点が合わず、触れることができない。

やっとのことで手をかけた。座ろうと手に体重をかけると、滑ってずるりと身体が落ちていき、ベンチと電飾看板の間に倒れてしまった。

よろけて倒れたこと自体がショックだ。まるで老人ではないか。自分が自分でないみたいだ。

起き上がろうとするが身体に力が入らない。

もしかして、このまま死んでしまうのだろうか。

お母さん、本当にごめん。いろいろ迷惑かけてきたね。万が一ここで助かったとしても、なんの役にも立たない娘なんて、さらに迷惑をかけちゃうね。

喉が渇いた。むかむかする。とにかく立ち上がらねば。でも動けない。

意識が、遠のく。

誰か、誰か助けて……


「大丈夫ですか。しっかりして」

男性の声が聞こえた。ぼんやり目を開けるが、焦点が合わない。

「ひとまず、店に入りましょう」

若い感じの男性がひとみの右腕を持ち上げ、自分の肩に回した。彼の左腕が腰に回り、がっしりとホールドされる。

ひとみは自力で立とうとしたが足に力が入らない。男性に抱えられるようにして、ようやく数歩進んだ。

ステンドグラスのドアを彼はゆっくりと引いた。室内の涼しい風がふわりと顔を撫でたとき、助かった、と思った。

「さあ、そちらへ」

引きずられるように薄暗い店内に入り、カウンター前のソファに座らせてもらう。ほっとするもムカつきがひどく、ぐったりと背もたれに身を預ける。

「ひどく汗をかいていますよ。ちょっと待っていて」

青年は白シャツの腕をまくり、カウンター内へ。この人がいつもメールをくれるハヤテさんかしら。店の中を見回そうとしたが、視界がぼんやりしていて頭がうまく働かない。

「失礼しますよ」

頬に、ほどよくあたたかい布が押し当てられた。ああ、気持ちいい。目を閉じた。額、頬、顎。布は優しくひとみの汗をぬぐってくれる。

ものすごくほっとした。

両親は一人娘のひとみを慈しんで育ててくれたが、決して裕福な家庭ではなく、二人ともいつも忙しく働いていた。だから、子供のころからなんでも一人でこなせるよう頑張ってきた。父が病死したあとは、母にぜったいに迷惑をかけないようにと経済的にも精神的にもさらに頑張った。

私はなんでもできる子だったし、今でもなんでもできる大人だ。

だけど、汗を拭いてもらうだけでこんなに幸せだと思えるなんて。

うっすらと目を開けると、青年の顔が正面に見えた。頬骨が高く鼻筋が通っている。まっすぐな眉が今は心配そうに少し下がっていて、瞳はきらきらと輝いていた。

身体中から悲鳴が聞こえていたが、彼の目を見ていると気持ちが落ち着いた。ようやくのことで声を出す。

「すみません、私……」

「少し休んだほうがいいです。今日は九月にしてはやけに暑かったし、暑気あたりかもしれませんよ。無理しないで」

労わるような優しい声が、心に巣くっていた不安や恐怖を少し緩和させてくれた気がして思わず言っていた。

「いえ、私……病気でして」

彼は真剣な面持ちで顎を引いた。もっと話していいですよ、とでもいうように。

その表情に励まされ、話し続けた。

「免疫の異常で、血栓ができてしまう病気で」彼の表情は変わらない。「根治は難しい難病だそうで、ずっとそれに付き合っていかなきゃいけなくて……命に関わる病気も併発する可能性があって」

私ったら、初対面の相手になにを細かく説明しているのよ。だが青年の顔《かんばせ》は神々しく、なにもかも吐露《とろ》してしまいたくなった。

「まさか自分が……なんで私なの……って」

彼はまっすぐな視線をよこすのみ。静かな佇まいからは哀れみも軽蔑も、同情さえ感じられない。ただ、自分の言葉をそのまま受け入れてくれている。それが、ひどく嬉しかった。

「フリーのライターなのに、病気のせいで頭が働かずうまく書けなくて……それに」

涙が湧いてきて目を閉じる。

「母に申し訳なくて……母は戦争孤児で、とても苦労して家庭を持って私を一生懸命育ててくれたんです。私は、やっと名前も売れてきて、これから母に恩返しできると思っていたのにこんなことに……だから病気のことを言えずにいるんですが、それも辛くて」

目を開けると、彼は変わらぬ様子で聞いてくれている。

「さっき倒れたとき、ここで死んじゃうのかな、と恐くなりました」

ひとみのその言葉で、青年の顔が初めて曇った。

「こんな状態では、心配性の母に迷惑をかけ続けるだけです。だからいっそ、このまま死んでしまったほうがいいのかも、なんて考えも浮かんで……」

彼は少しだけ悲しそうに微笑んだ。こんなこと聞いたら嫌な気分になるわよね。

「ごめんなさい。変なことを言いました。大丈夫、ですので……」

少し話しただけなのにぐったりと疲れてしまった。

「今は休んでください」青年の声は変わらず優しい。「そして……」

なにかささやいた。

……そうか。そうなのね。少し気持ちが軽くなった……

視界が揺れ、彼の顔が何重にも見えた。眠気を覚える。

ハツ子さんはじきにやってくるはずだ。ひとみは朦朧《もうろう》としながらも「どうぞ、私に構わず、あなたはお仕事をなさってください」というようなことを言った。

青年は柔らかくうなずき、店内を横切って壁際のピアノの前に座る。

なにか演奏するの？　ピアニストかしら。どうぞどうぞ。でも、私のためならいいんですよ。ご用事もおありでしょう、すべきことをなさってください……

目を閉じていると、小さなピアノの音が聞こえてきた。メロウな、楽しげなメロディ。聞いたことのある曲だ。

ゆっくりとピアノのほうに視線をやると、スポットライトが当たっているかのように、青年の後ろ姿が明るく浮き上がっていた。その輪郭は少しぼんやりしていて、彼の白いシャツは、優しく踊るかのようにゆらめいて見える。

神様か天使が演奏しているみたい。

懐かしい雰囲気の曲と相まって、ひとみは夢の世界へ導かれるように、また目を閉じた。心地いい。このままずっと、こうしていたい……

ボウワワァ〜ン、という別の音色が聞こえた。鐘の音？　時計かしら。入口に大きな置時計があったわね。

低く間延びした音は、何度も響いた。頭蓋《ずがい》を駆け巡るような、大きくてあたたかい音色だ。このまま、音に包まれて静かに眠っていたい……

若い男性の元気な声が聞こえてきた。

「ハツ子さん、もう舞鶴《まいづる》へ旅立ったのか。なにか手伝いができたらと来てみたんだが、遅かったなあ」

答えたのは、小学生くらいの男の子の声だ。

「お母さんは朝早くにでかけました。わざわざ来てくれてありがとうございます、ヒデオさん」

そっと目を開けると、薄暗い天井が見えた。ここは……

親切な青年が私を助けて、店内のソファに座らせてくれたっけ。汗をぬぐってもらった布が手にあったので握りしめ、目を店内に向ける。

こんなに粗末な内装だったかしら。

三年ほど前に母と来た《喫茶おおどけい》は、昔ながらの昭和な雰囲気ではあるが落ち着いた感じの内装だったのに、今は、壁も床もボロボロで、寄せ集めの家具が置かれているかのような雑然とした印象だ。

室内の中央に十歳くらいの少年と、十代半ばの男女が立っていた。少年は前髪が切りそろえられた坊ちゃん刈りで、ベージュのシャツと黒い短いズボンを纏っている。手も足も恐ろしく細い。

向かい合っている十四、五歳くらいの青年は坊主刈りで、よれよれの青いシャツとグレーのズボン姿。

脇に立つ同年代の三つ編み姿の女性は、地味な薄茶のシャツと膝下までの紺のスカートを着ており、目も口も小さめで優しそうな顔をしている。その彼女が言った。

「おにぎりを持ってきたの。優一《ゆういち》くん、食べてね。それと、庭に咲いていたコスモスも」

少年は目を輝かせて、新聞紙にくるまれた花と風呂敷包みを受け取った。

「わあ、助かります。お花もありがとう、ツミさん」

ツミ？

どこかで聞いた名前だ。その彼女がふとこちらを見た。

「シズエちゃん、起きたのね」

しずエは私の母の名前。しかも〝ちゃん〟付け？

「しず江ちゃんは」優一と呼ばれた少年は、こちらに向かって笑いかける。「うんと朝早くに来てくれたので、お母さんの出発に間に合ったんです」

「そうか。さすが、しず江は聡いなあ」ヒデオと呼ばれた青年はゆったりと笑う。「俺はそういうことを思いつかんで、ダメだなあ」

　はっと気づく。

難波ツミ、小暮日出夫は、歴史保存会の古参メンバーの名前だ。その名前を持った若い人が、ここに集っているというのか。そして私は、保存会会長である母のしず江……ひょっとしたら薬の副作用でこんな幻覚が見えるのかも。あるいは寝不足だったので、おかしな夢を見ているのかもしれない。ひとみは全員をぼんやり見渡した。彼らは一様に優しい表情でこちらを見ているので、思わず笑みを返す。

　優一と呼ばれた少年は丸顔でつぶらな瞳で、とても賢そうだ。自分は……と見下ろすと、彼よりは少し年上の、小学校高学年くらいの少女になっているらしい。母がこれくらいの年齢ということは、ええと、昭和二十年代の設定か。

　疲れていると苦しい夢を見ることがあるが、今は嫌な気分ではない。むしろ、このままずっと見続けたいと思うような、優しげな雰囲気だ。

「そうだ、キュウリを塩もみします。ちょっと待ってて」

少年はぱっと顔を輝かせ、カウンターの端の扉から外へ出ていった。中庭があるようだ。小暮日出夫が、開け放たれた扉を見つめながら小さな声でつぶやいた。

「優一くんのお父さん、今度こそシベリアから帰ってくるといいなあ」

「便りが途絶えて何年も経つし、今回も名簿に名前が載っていなかったそうだけど」難波ツミはコップに水を入れて花を活けながら、静かに、そして力を込めて言った。「終戦から八年経ってもハツ子さんはずっと希望を持ち続けているのだから、次こそ奇跡が起きたっておかしくないよね」

終戦から八年。

今度こそ帰ってくる……

舞鶴は、第二次世界大戦後に戦地や抑留地《よくりゅうち》にいた日本人が引き揚《あ》げてきた船が入港した地だ。戦後八年というと昭和二十八年、一九五三年。ひとみは、以前に戦後の女性の生活について書いた記事を思い起こす。引揚船で多くの人が帰国したのは戦後二年から五年ごろだったはず。

ハツ子の旦那さんで優一の父である男性は、シベリアで抑留されて戦後八年経っても戻らず、消息不明のようだ。そしてハツ子は、夫が今度こそ戻ってくるかもしれないと希望を抱いて、舞鶴港へ赴いたという。

三年前に会ったハツ子を思い起こす。そんな過去はまったく感じられないほど、明るくてちょっとおちゃめな感じの人だった。

便りが途絶えた、ということはひょっとして、もう……

いや、戦後何年もしてから帰ってきた人もいたはず。それに、ドキュメンタリーは事実しか書けないけれど、私の夢の中なんだからハッピーエンドになってほしい。

「ほら、いいキュウリでしょ」

優一が勢いよく駆け戻ってきた。不揃いの立派なキュウリを数本抱えている。

「うん、美味しそうだ」

「すぐに作るから、日出夫さんもツミさんも持っていってください」

「差し入れにきたのに、かえって悪かったわね」

優一は弾むようにカウンター内に入り、慣れた手つきでキュウリを切り始める。

少年を優しげに見つめる若い女性を、ひとみは観察した。

難波ツミさん。

東中野生まれで、父は戦死。妹や弟の面倒をよくみて、働く母親を助けたという。母のしず江の言葉を思い出す。

——ツミさん、性格は淡々としていてね。冷静で、いつも周囲を注意深く観察して、さりげない気遣いが上手な人だったわ
彼女の横に立つのは小暮日出夫さん。母と同じ『恵みの園』出身で、長年工務店に勤務

していた。

――日出夫さんは、運命を受け入れてじっと耐えているような人だった。でも、心の中に熱い信念を持っていたと思うわ。家族のために必死に働いていたのよ
「こんにちは～」

扉が開いて、二十歳前後の男性が二人入ってきた。一人は目がぎょろりと大きく、一見強面だが、相好を崩すと急に愛嬌のある顔になった。

「ありゃ、ハツ子さんは？」

「こんにちは、タイヘイさん。お母さんは朝早くに出かけました」

「そうかあ。出遅れたな」

桂川たい平さん。ギンザ通り商店街に住んでいる人だ。独身と聞いていた。

――たい平さんは親孝行で働き者だったわ。そしてムードメーカーね。大らかで、そばにいるとほっとするの。ハツ子さんと一緒に『恵みの園』をよく訪ねてくれて、子どもたちから大人気だったわ
もう一人の、面長で額の広い青年が少年に明るく声をかける。

「優一くん、寂しくないかい？　今夜はどうするんだい。『恵みの園』に泊まりにおいでよ」

「ありがとう、タクヒコさん。しばらく紀子さんのおうちに泊めてもらうんです」

岡卓彦さんは、戦争で身体が不自由になった父や働き手となった母を懸命に支えたが、若いうちに両親を亡くし、その後は鳶職人になった。結婚したが、お子さんはいない。

――卓彦さんは明るくて元気なんだけど、ちょっとそそっかしいのが欠点ね。でも、一番ハツ子さんを慕っていたかもしれない

「紀子さんのとこに泊まるなら安心だ。でも、いつでも『恵みの園』に遊びにおいでよ。俺もしょっちゅう顔を出しているから」

「だけど、おまえ」たい平が卓彦の肩を叩く。「昼間は仕事でいないじゃないか」

「そうだけど、誰かしら遊び相手はいますよ」

「優一くんのことだから、かえって気を遣ってしまうよ。卓彦は、調子はいいけど考えなしだなあ」

歴史保存会の古参メンバーが勢ぞろい。

不思議な夢だ。

いや、夢ではないのかも。まもなく死ぬから、昔の人の世界に迷い込んでいるのかも。なんだか笑えてきた。もし助かったらこんな小説を書いてもいいかもね。

たい平は肩から掛けていた布袋から運動靴を取り出した。

「お古で悪いが、弟がほとんど使わなかったのを持ってきた」

優一が心底嬉しそうに笑う。

「嬉しいな。実は今の靴、ちょっと窮屈になっていたんです」

「優一くん、どんどん背が伸びているもんな」

日出夫が感じ入った様子で言うと、岡卓彦は大きめの風呂敷包みを差し出す。

「俺は、頼まれていた棚を作ってきた。台所に置きたいってハツ子さんが言ってたからさ」

「ありがとうございます。お母さん、喜びます」

「隙間にぴったりなように作ったはずだから、設置してやるよ」

「じゃあ、私も手伝います」

優一と卓彦とツミが厨房に入り、たい平は目を細めながら日出夫に言う。

「優一くん、えらいよな。まだ八歳なのにしっかりしていて」

日出夫は重々しくうなずいた。

「お父さんが戦地に赴いたあとで生まれたから、会ったことないんですよね。今度こそ帰ってくるといいなあ」

「俺も、また栄一さんに会いたいよ」

「たい平さんは、ハツ子さんの旦那さんを知っているんでしたね。どんな人なんですか」

「栄一さんは、それはもういい男でさ」大きな目をさらに見開く。「映画俳優にでもなれそうな顔で、立ち姿もすらっとしているんだ。優しくて、芯があって、周りへの気遣いが完璧で、もう、満点の人だ。近所の子供たちの面倒見もよくて、俺もいつもここで遊んでもらったよ」

「そのころもここは喫茶店だったんですよね」

「栄一さんのお父さんはジャズピアニストだったんだけど、昭和のはじめくらいに〝皆で音楽を楽しめる店を〟とここを開いたそうだ。最初はピアノがあったけど、いろいろ経営も大変だったみたいで途中で売ったらしい」

たい平はドアのほうを向いた。

「あの時計と蓄音機は戦時中の一時期なくなっていたが、四年くらい前に戻ってきたんだ」

「レコード、聞いてみたいな」

小暮日出夫が恥ずかしそうに言うと、たい平は優一に声をかけ、手をごしごし手ぬぐいで拭き、引き出しからそっとレコードを取り出した。

「曲はよくわからないから、一番上にあったやつでいいよな」

青年は慎重にレコードをセットし、レバーを丁寧に回して、針をそっと置く。

劇的なトランペットの音が響く。今のような滑らかな録音ではなくて少し雑音が聞こえるところが、かえって味がある。

日本語の男性の歌が始まった。〝部屋の隅にピアノが置き忘れられている、友人が楽しそうに弾いていたのに〟という切ない雰囲気の歌詞だ。

間奏にも哀愁溢れるトランペットのメロディが流れ、二番では戦地に行ってしまったと思われる〝友人〟がかつて奏でたボレロの曲を懐かしむ想いを、男性ボーカルと合唱が朗々と歌い上げる。

ひとみは気づいた。さっき助けてくれた人がピアノで弾いていた曲が、これだ。タイトルは、ええと……

ツミがキッチンから出てきて言った。

「これ『ビギン・ザ・ビギン』の音楽じゃない？」

そう、それだ。フリオ・イグレシアスというポピュラー歌手が歌っていた、「〝ビギン〟というダンスを始めよう《ビギン》」という楽しい内容の明るい曲だ。

「ツミちゃん、音楽に詳しいんだな」

卓彦が嬉しそうに言うと、ツミは指でリズムを取りながら答えた。

「お母さんが越路吹雪《こしじふぶき》の大ファンで、舞台を一緒に見にいったことがあるんです。そのときに彼女が歌っていたのがこの曲だわ。もとはアメリカの流行歌だって」

「レコードには『ボレロに寄せて』とある。一九四〇年だそうだ」

流れている曲はタイトル通り〝ボレロ〟というダンスのリズムを使っており、ひとみが知っているものよりも情熱的で、感動的な雰囲気を帯びていた。

歌詞と曲調、そして男性の声がぴったりと調和し、ひとみの胸にぐっと熱いものがこみ上げてくる。

この曲に歌われた〝ピアノを弾いていた友〟は戦争から帰ってきたのだろうか……

「思い出したぞ」たい平が感慨深げに言った。「俺がまだ優一くんくらいのころ、栄一さんと彼のお父さんがこの曲をピアノで弾いていたよ」

「ピアノも弾けるなんて、栄一さんってほんと、カッコいいですねえ」

岡卓彦が調子よく言った。

ひとみは、自分を助けてくれた青年の顔を思い起こした。

――いい男で、優しくて、芯があって、周りへの気遣いが完璧……

あの人が栄一さん？

いやいや、助けてもらったのは現実の話よ。私をしっかり抱えてくれた、その手の感触をはっきりと覚えている。もしハツ子さんの旦那さんなら、現在は九十歳前後だから、彼ではない。

それとも私の幻覚で、あれはおじいさんの栄一さんだったのだけれど、若い頃を想像して見ていたとか……まさかね。やはりあれは孫のハヤテさんか、通りすがりのご近所さんだろう。

歴史保存会の古参メンバー四人はひとしきり話をしたのち、「いつでも遊びにこいよ」

「また様子を見に来るわね」などと言いながら出ていった。

　優一はこちらを向くと明るく言った。

「しず江ちゃん。おにぎり食べる？」

　ひとみはおずおずと答えた。

「お腹はそんなに空いていないから、今は大丈夫」

　子供の声になっている。不思議な感覚だ。

「じゃあ」少年はぱっと明るい笑顔を見せる。「さっき仕込んでおいたジュースを飲もうよ」

　ジュースを仕込む？

　彼は弾むようにキッチンに入ると、いろいろと立ち働いた。

「お母さんの従兄の宗助《そうすけ》さんが、もう使わないからって冷凍庫付きの冷蔵庫をくれたでしょ。だから楽しくて、いろいろ凍らせているんだ」

　さきほどまでしっかり者だった少年は、急にあどけない表情を見せた。

「とってもおいしいジュースもくれたの。最後の一本だから、しず江ちゃんと二人で飲もうって決めてたの。だからみなさんには出せなかったんだ」

　ぺろりと舌を出す。なんとも愛らしい。

　以前に、ハツ子の一人息子は医者で看護師の奥さんとともに離島で開業していると聞いた。つまりこの少年が未来のお医者様。雰囲気がハツ子さんにちょっと似ていて、こんな息子がいてもおかしくないと思わせる。私の想像力もなかなかのものね。

彼は小ぶりのコップを二つ持ってきた。中に氷が入っているのだが、なぜか色がついている。

「バャリースオレンヂって知ってる?」

あいまいにうなずく。そんなジュース、子供のころに飲んだかも。優一は一度戻ると、厨房からオレンジ色の液体が入ったスマートな瓶を持ってきた。透明な瓶で、中央に8の字を横にしたような青いラベルが貼ってあり、英字でBireley'sとある。

ああ、これこれ。懐かしいな。

「こっちの氷は、このオレンヂジュースを凍らせたものなんだよ」

彼は瓶を栓抜きでえいやっと開けると、グラスにジュースを注いだ。たちまちオレンジ色の液体で満たされる。

「こうしたら氷が溶けても味が薄まらなくて、おいしいでしょ」

なるほど、細かい心遣いだ。ひとみは感動して言った。

「オレンヂ・イン・オレンヂ、ね」

優一は少し怪訝そうな顔をしたのち、言った。

「インっていうのは、英語で『中に』って意味だよね。うん、そう。オレンヂ・イン・オレンジ。しず江ちゃん、英語も知っているんだね」

優一はひとみの隣に座り、二人して厳かにコップを持ちあげ、一口飲む。

甘いオレンジが口内に広がり、ひとみの身体から悪い病巣が消し去られるような、そんな爽やかな気持ちになった。思わず笑みがこぼれる。

「おいしいね。優一くん」

彼も笑う。

そして、今日初めて、少し不安げな表情を浮かべた。

「あのね、しず江ちゃんにだけ打ち明けるけど、もしお父さんが帰ってきたらどんなふうに話したらいいんだろう、ってすごくドキドキしているんだ」

ひとみは言葉が見つからず、ただうなずいた。少年は下を向きながら続ける。

「でも、もし帰ってこなかったらお母さんがとっても悲しむだろうから、やっぱり僕はどうしたらいいんだろう、っていうふうにも思う」

「……うん」ひとみ……しず江がおずおずと言った。「優一くんは、いつもみたいにしていればいいんじゃないかしら」

彼はこちらを見て、ほっとしたように笑った。

「そうだね。ありがとう」

二人は黙ってジュースを飲んだ。

氷はすぐに溶けてきたが、それもジュースなので甘みは減らず、たっぷりと身体と心を癒してくれるかのようだった。

彼はほぼ空になったコップに視線を落としながら、少し頬を赤らめて言った。

「お母さんがいつも言っているんだ。一人で悩んだらダメって」

はっと彼の横顔を見つめた。

「どんなに大変なことが起きても、一人で悩まないで誰かに相談したらいいんだって。その相手が悩みをすぱっと解決してくれなくても、話を聞いてもらえるだけで、人は楽になるんだって」

彼はまっすぐこちらを見て言った。

「お母さんはいつも、誰かが悩んだとき、どうしてあげたらいいか一生懸命考えるんだって。その誰かの悩みっていうのはたいてい、簡単にはなくならないから」

本当に、その通りだ。

「お母さんの妹は、食べるものや薬がなくて五歳で死んじゃったんだって。お母さんはなんにもしてあげられなくて、悔しかったって」

胸が締め付けられるような気持ちになる。

「自分も悲しかったけれど、お母さんのお母さんもとっても悲しんだんだって。そんなとき、自分に力がないなあってがっかりしちゃったって」少年の瞳はきらきら輝いていた。

「でも、お母さんのお母さんは『あなたがいることが支えだ』って言ってくれたんだって」

「そう、なのね」

「自分が今ここに生きているだけで誰かの支えになれるなら、それはもう、すごいことなんだって」

生きているだけで誰かの支えになれる……

ひとみの……しず江の瞳に涙が浮かび、持っていた布でそっと目尻を押さえた。

「僕、考えたんだ」少年は真剣な表情を浮かべる。「僕は誰かを支えるっていっても、あんまりできることがない。だから、誰かが少しでも気持ちよくなれるように、僕ができる精一杯のことをしようって」

ひとみは空のコップを見つめた。

「優一くん、優しいね。このジュースも優しい味がしたよ」

「こういうジュースがあったら嬉しいよね。でもお店で出すのは、ちょっと大変かなあ」

彼は愛らしく首をかしげた。

昭和時代、戦争で家族や家を亡くした人々は、互いに支え合いながら逞しく明るく生きていたのだろう。この少年はその象徴のような子だ。

もちろん、時代が変わり家族や社会のあり方も変遷《へんせん》した現代で、昭和と同じような行動や思考がそのまま当てはまるとは限らない。

だが、辛いときに誰かに支えてもらって元気を取り戻し、今度は自分が誰かの支えになれるよう周囲に目を配れたら、それは素晴らしい循環になる。

優しさの連鎖は、いつの時代でもどんな社会でも普遍なのではないだろうか。

大時計が間延びした鐘の音を鳴らした。

さきほどピアノの調べとともに聞こえてきたのはこれだったのか。普通の時計音とは少し違って、のんびりした優しい音色だ。何度も響く時計音に身をゆだねていると、心が軽くなって、なんとか生きていけそうな気がしてくる……

また眠気が襲ってきた。


目を開けると、朝の陽光が窓から射しこむ室内にいた。

「……ここは」

横たわっていた身体をそっと起こす。喫茶店の中だ。さっきの古びた店と構造は似ているが、内装はまったく異なり、エアコンが効いていて快適だった。

バッグがテーブルの上に置かれていた。引き寄せて携帯を取り出す。今は……現代だ。時刻は朝九時すぎ。思わず大時計を見上げる。携帯と同じ時を示している。

戻った……というのも変だが、さきほどの時代ではなくなったようで安堵する。三年前に訪れたのと同じ《喫茶おおどけい》に間違いない。

「気づかれましたか」

カウンターから白シャツと蝶ネクタイの若者が出てきた。

端整な顔立ちだが、さっき助けてくれた人物とは異なり、もっと線の細い雰囲気だ。

「すみません、私……少々体調が悪くて」

「青池ひとみさん、ですよね」

ひとみがうなずくと、彼は顎を引いた。

「会長……お母様から連絡をもらっていました。昨日念をおしたからそろそろ顔を出すはずだ、って。メールでは何度もやり取りしていましたが、改めて初めまして。羽野島颯です」

ひとみは頭を下げた。

「こんな朝早くに、ご迷惑をおかけして」

「買い出しに出ていた十五分ほどの間にいらっしゃったんですね。鍵を閉めて出たつもりが開いていたようで、かえってよかったです」

「鍵？　ああ」ひとみは少し頭を振り、思い起こす。「あなたくらいの若い男性がドアを引いたとき、確かに鍵はかかっていませんでしたね」

「若い男性？」

「白いシャツの、凜々《りり》しい感じの、短髪できりっとした顔つきの男性が」

ハヤテは顔色を変える。

「その人が、あなたをここに？」

ひとみは路地で倒れてからの経緯を詳細に話した。

「それで、ずっと夢を見ていたようでした」思わず微笑む。「不思議なんですよ。歴史保存会の古参メンバーの方々が若いんです。時代は昭和二十八年で」

「そう、ですか」

「ずっと、早く来なければと気にしていたので、その方々の夢を見たのかもしれません。でも、とってもいい夢で」

ふと見上げると、ハヤテの手が震えていた。

「その若い男性ですが……ここに」彼は両手を広げて〝ここ〟を強調した。「あなたを連れてきたんですか」

「そうです。このソファまで連れてきてくださって……そうだ」

ひとみは握っていた布を持ち上げた。

「これで、顔の汗を拭いてくださったんです」

ハヤテがそっとそれを受け取り、広げた。象の絵がたくさん描かれたエキゾチックな模様の四角い布を、彼は食いいるように見つめている。

「臼井さんがくれたバンダナ……では……」

深刻そうにつぶやいたので、ひとみは慌てて言った。

「大事なものでしたか。すみません、洗濯してお返ししますね」

彼は布を握りしめ、決意を込めたように答えた。

「いえ、大丈夫ですよ」

「その方の心当たりはありますか。商店街の方でしょうか。お礼を言いたくて」

「思いつく人はいます。今度会ったら僕から伝えておきますので、お気になさらず」

「ありがとう。ぜひお願いします」

ハヤテはためらいがちに言った。

「その男性が話していたことを、覚えている限り教えてもらえませんか」

「ええと、私ばかり話していたんですが……」

そうだ、思い出した。

「その方、最後にこう言いました」

ひとみはゆっくり、彼の言葉をハヤテに伝えた。

――今は休んでください
そして万が一、命が削られるような運命に遭遇したとしても、強い想いを持ち続けて、誰かのために生きようともがいてください。あなたは、ただ〝あなた〟でいるだけでいいのですよ……

「その言葉で急に気持ちが軽くなったんです。だから、あんな夢を見たのかも」

ひとみは、難病と告知されたことや生活が一転してしまったことなどもハヤテに話した。

「今日は、病気になってから初めて母と会うので不安でいっぱいでした。難病のことも隠しておくつもりだったんですが、その男性の言葉と、夢の中のみなさんから勇気をもらい、思い切って打ち明けようと思います」

「それは……よく決心されましたね」

ハヤテは、なぜか放心している。病気の話がショックだったのだろうか。

しかし彼は気を取り直したようにひとみを見て、言った。

「大変なときにわざわざお越しくださり、ありがとうございます。もし会を抜けるのでしたらそれでもかまいませんし、体調のよいときに参加していただけるなら」

「参加します」思わず力強く言っていた。「あの方たちの……母たちの想いを少しでも残したいんです。無理はしないようにしますし、他のメンバーにご迷惑をおかけするかもしれませんが、続けさせてください。といっても、まだ一回も会合に出ていないので、みなさんがなんとおっしゃるか」

「みなさん、とてもはりきっているので、ひとみさんを大歓迎すると思います」

私がいてもいい場所がある。

それだけで、なんだか活力が湧いてきた。

ステンドグラスのドアがぱっと開いた。

「遅くなってごめんなさい。かがやき薬局で湿布もらっていたら、友輝さんときた長話しちゃって」

まるで突風みたいに入ってきた高齢女性は、こちらを見てふくよかな笑みを見せた。

「青池ひとみさんよね。お久しぶり」

「ご無沙汰しておりました」

ハツ子さんは三年前とちっとも変わっていない。いや、もっと元気はつらつになったように見える。立ち上がって挨拶しようとすると、ハヤテが慌てて言う。

「青池さん、無理しないでください」

「もう大丈夫です」立ってお辞儀をし、ゆっくりと座る。「実はちょっと前から病気になってしまい、会合にもなかなか出られずにいました。すみませんでした」

ハツ子は柔らかい笑みを崩さずに言った。

「それは大変でしたね。決して無理はなさらないで。歴史は保存したほうがいいけれど、今生きている人のほうが大切ですもの」

老店主の言葉がじんわりと心に響いた。

「ひとみさんの記事、いつも読ませていただいているの」

ハツ子は端の安楽椅子から雑誌を取り上げる。

「連載中の『市井《しせい》のやさしさ』が好きでねえ。名もない人たちの小さな優しさって、人を元気にしますでしょ。そういうものの積み重ねが歴史だと思うから」

「そう、ですよね」

「歴史保存会でも文章を書くことが必要になると思うわ。そういうときにぜひ力を貸してくださいな」

ひとみは、優しい笑顔の老婦人を見つめた。

ハツ子さんこそ、市井のやさしさの塊みたいな人だ。だから、彼女が舞鶴に旅立つ日に、みんなは見送りをしようと《喫茶おおどけい》にやってきた。ハツ子がいつも周りの人たちを気にかけていることを誰もが知っているから。

優一が言った言葉を思い出した。

――その相手が悩みをすぱっと解決してくれなくても、話を聞いてもらえるだけで、人は楽になる
ハツ子さんは悩める誰かのために、こんなにステキな笑顔を持っているのだ。きっと彼女自身、ありとあらゆる苦難を乗り越えて、なおも誰かの話を聞いてあげるために、活き活きと生きているに違いない。彼女の優しさは波紋を描くように周囲に広まっていく。そんな素敵な世界を、私も作ってみたい。

ハツ子さんみたいになりたい。だから長生きしなくちゃ。

ふと、カウンターにイラストが置いてあるのに気づく。

「……そちらは？」

ハツ子が嬉しそうに手に取る。

「ハヤテさんが描いてくれたのよ。旦那さんと私」

白髪の夫婦の絵。二人とも笑顔だ。

ということは、栄一さんはシベリアから戻ってきたんだ。そしてこんなお年になるまで一緒にいられた。本当によかった。

「どんなご主人ですか？」

ひとみが聞くと、ハツ子は恥ずかしそうに答えた。

「とっても格好いい人よ。器用で、料理が得意で、楽器を弾いたり絵を描いたりするのも上手でねえ。ハヤテさんの芸術家肌のところはおじいちゃん似かしらね」

ハヤテはぼそりと答えた。

「とっても格好いいところも、似たらよかったんだけど」

「あら、充分格好いいわよ。むろん、おじいちゃんには負けるけど」

こんな年になってもおノロケが言えるなんて、ステキだな。

私は今のところ人生のパートナーを見つけられていないけれど、もしこの先にそんな人が現れたら、おばあさんになってもノロケられるようになりたいな。

「なにか食べますか?」

「いえ。あとで母とランチをする予定なので」ひとみは言った。「オレンヂジュースをください」

「ちょうど、いただきものの懐かしのジュースがあるわ」ハツ子はふふふと笑った。「昨日、卓彦さんの奥様から送られてきたの。甥っ子ちゃんがすごく張り切って会に参加していて頻繁に報告に来てくれるので、卓彦さんもご機嫌なんですって」

ハツ子はにやりと笑ったのち、ハヤテに告げる。

「氷、あれでね」

ハヤテはぼそりと聞く。

「いつの間に作ったの?」

「昨日、いただいてすぐに」彼女はウインクしてひとみに言った。「あなたのお母さんが命名したジュースがあるの。それをお出しするわ」

オレンヂ・イン・オレンヂだ。それに違いない。

やっぱり、あれは夢ではなく……!

ひとみは携帯を取り出し、メモ欄に猛然と打ち込んだ。

『人は、とても衝撃的な体験をすると、ひとまず自分の境遇を忘れてしまうものだ。

東中野には不思議な喫茶店がある。

辛い悩みをもった人物が訪れると、なぜか時間が過去にさかのぼって昭和の激動の時代に迷い込む。そこには、ごく普通に生きている人々が、ごく普通に悩み、助け合い、笑い合って生きている。

私たち現代人とは異なる境遇。でも悩みは意外と似ていたりして、そんな市井の人々が懸命に生きている姿を目の当たりにすると、自分の悩みもなんとかなりそうな気がしてきて……』

「お待たせいたしました」

顔を上げると、背の高い美しいグラスに、ごく普通に見えるオレンジジュースが入っていた。

「オレンジ・イン・オレンジよ。さあどうぞ」

ハツ子が得意げに示した。

ひとみは携帯を見つめ、今書いた文章をすべて消去した。こんな体験、人に話しても信じてもらえない。青池ひとみはファンタジー作家にでもなったのか、と笑われてしまう。

というか、こんな貴重な体験は人に話したくない。私だけの特典だ。

ストローは使わず、グラスから直接ジュースをごくりと飲む。冷たい喉越しで、身体がしゃきっとした。

「ハヤテさん。次回の会合までに具体的な案を必ず考えてきます。もし体調が悪くて参加できなかったらメールでお伝えします」

「わかりました。でも、無理しないでくださいね」

無理してでも考えるぞ。彼らのあたたかい日常を、どうやったらたくさんの人に伝えることができるんだろう。

いや、やっぱり無理はダメね。

氷を少しずつ溶かしながらジュースを飲み干し、少し揉めたあげくに支払いをして、ひとみは立ち上がった。まだ少しフラフラしているが、心は明るかった。

「ハツ子さん。また来ます」

「ええ、またいらしてね」

ハヤテが出口まで送ってくれた。

「私、母や私を支えてくれる周囲の人のために、精一杯頑張ろうと思います」

ハヤテは黙って微笑んだ。

ふと聞いてみたくなる。

——あなたのお父さんの名前は〝優一〟ですか?

しかし、やめた。夢は夢。自分の中の大切なひととき。壊したくない。代わりに言った。

「きっとあなたのお父さんもおじいさんも、心のまっすぐなステキな方なのでしょうね。

ハヤテさんもその資質を受け継いでいると思います」

　彼は少し頬を赤らめた。

「父、祖父、曽祖父とさかのぼっていく……僕という人間は、祖先の人たちの積み重ねでできているんだと思います。だから僕も、ステキな人になりたいです」

「私も同じ気持ちです。そして、そういうさかのぼりを何かの形で広く伝えていきたいわ」

　路地に出ると、ドアの前に立つハヤテが爽やかな笑顔で告げた。

「お気が向いたら、ぜひまたどうぞ」

　はい、来ます。強い想いを持ち続けて、必ずまた。

また明日

九月末。

初めてプロジェクトメンバーが勢ぞろいした会合では、会長の娘の青池ひとみが音頭をとり企画が即座に決まっていった。

タイトルは『受け継ごう、みんなの思い出』。

テーマは、東中野に住む人々の〝さかのぼり〟の歴史を浮き彫りにしていくこと。

祖父母や親兄弟から、あるいは近所の人から受け継いだ品物、食べ物、習慣などをもつ人を募集し、受け継いだ際の出来事や想いを聞き取り、形のあるものは展示し、ないものは文章やイラストで表現する。

発表形式は冊子の発行、地域センターでの写真や品物の展示、それと《喫茶おおどけい》での「美味しい一日音楽会」に決まった。

店を終日開放して、美味しくて簡単な家庭料理やお菓子を作ったり、懐かしいレコードをかけたり、ピアノやほかの持ち込み楽器でセッションをしたり、懐かしい品物についての語ったりと、老若男女が自由に楽しむイベントだ。

予算を捻出するために、加奈、直樹の若手がクラウドファンディングをしてみようと提案してくれ、実務も担ってくれることになった。

臼井麻美とそのフィアンセは、東中野の人々から話を聞き、もし思い出の品がまだあるのならそれを集め、品物以外のなにかだったら資料を探すという手間のかかる作業を引き受けてくれた。

ハヤテは、すでに無くなってしまった品物をイラストにする作業を託された。

〝受け継ぐ〟ことで〝さかのぼり〟を意識する。それを後世に伝えていく。

教科書に載るような特別な歴史ではなく、ごく普通の人たちが体験した辛いことや悲しいこと、親切を受けて嬉しかったこと、感動した出来事、小さな幸せを感じた瞬間、そんな思い出を拾い上げ、市井の人々の歴史を残していきたい、と青池ひとみが提案し、他のメンバーも賛同したのだ。

ハヤテはその夜遅く、店のピアノの前に座っていた。父がハヤテのために買ってくれたものだ。

曽祖父がジャズピアニストだったと聞いたのがきっかけで音楽が好きになり、小学校からピアノを習わせてもらった。だから〝ピアノを弾く〟ことは、ひいおじいちゃんから

〝受け継〟いだ〝思い出のもの〟なのかもしれない、としみじみ思う。

そっと指を鍵盤《けんばん》の上に乗せる。

店は音が外部に漏れにくい構造だが、念のため消音にして弾き始める。久しぶりなので少し指がもたつくが、曲が進むうちに徐々に慣れてきた。

中学まではそこそこの腕前で、将来は音楽家になろうかと真剣に考えたこともあったが、指を怪我して断念した。今は、気が向くとお客さんの前で拙《つたな》い演奏を披露して楽しむ程度だ。

一日音楽会でぜひ弾いて欲しいと古参メンバーから言われている。指を慣らしておかなければ。去年知り合ったバイオリンが得意な小五の少年に声をかけたら、参加したいと言ってくれた。彼は今、コンクールの小学生部門で賞を総なめにしているらしい。負けないように練習をしよう。

かたかたと鍵盤が鳴る音を聞きながら、ハヤテは思い起こしていた。

あの朝、買い物から帰ってきたら女性がソファで横になっていた。しず江会長から、近いうちに娘が訪ねると思うがひょっとして体調が悪いかもしれない、と聞いていたので、たぶんこの人はひとみさんだろうと起こさずにいたら、大時計が不思議な鐘の音を鳴らし、過去が見えてきた。

歴史保存会の古参メンバーが勢ぞろいするなんて、すごい。

そして、ハツ子が夫の栄一の帰りをあんなふうに待っていたなんて。

「ひょっとすると、今もそうなのかもな」

手を止め、ハヤテはつぶやいた。

ハツ子は、遠い北の地からまだ帰ってこない栄一を、今でも待っている。

祖母はいつも前向きで、大変なことも辛いことも笑い飛ばし、ずっと一人で頑張ってきた。ハヤテの父である優一を育て、戦争孤児たちの面倒をみて、そのほかにも困っていそうな人を見かけたら声をかけて助けてきた。

だから、彼女が「なんとかしてあげたい」と願う相手は、大時計によって過去にさかのぼり、前に進むヒントをもらうのだ。

そんなことが起きるのは、おじいちゃんがずっとハツ子さんのことを見守っているからだ、とハヤテは信じていた。あの大時計は、おじいちゃんの代わりだから。

カウンターの上に置いたイラストを眺める。店のバイトを始めてから、毎年ハツ子の誕生日にイラストをプレゼントしている。おじいちゃんがいたらこんな感じだろう、という笑顔の二人の絵だ。今年のもなかなか上出来だと思っている。

心の中で話しかけた。

おじいちゃん、また現代の《喫茶おおどけい》にやってきたんでしょ。ひとみさんが路地で倒れて、誰も気づく人がいなかったから、彼女を助けるために。

「ずるいなあ、いつも突然なんだから」思わず文句が出る。「僕も会いたかったのに」

あの絵、見ただろうか。気に入ってくれたかな。去年よりも若い感じに描いたんだよ。

もう一度、ピアノを弾いた。

曲は『ボレロに寄せて』。

最初は淡々とボレロのリズムを刻んで、やがて、少し弾むように鍵盤をたたき、ダイナミックに曲を展開させる。

弾きながら、青池ひとみが教えてくれた栄一の言葉を思い起こした。

――万が一、命が削られるような運命に遭遇したとしても、強い想いを持ち続けて、誰かのために生きようともがいてください
それは、彼が北の地《シベリア》で抱き続けた〝想い〟そのものに違いない。

また、心中で話しかける。

おじいちゃん、あなたはどんな「命が削られるような運命に遭遇した」の？

そのひどい運命の中で、「強い想いを持ち続けて、誰かのために生きようともがいて」いたんだよね。

その誰かは、大好きなハツ子さんだったり、僕の父だったり、この東中野に住む人たちだったりするんだよね……

胸が苦しくなり、目頭が熱くなった。

帰ってきてよ、栄一さん。

ハツ子さんは今もあなたに「おかえり」と言うために、ここで待っているんだから。

ボレロのリズムを最高潮に盛り上げ、指に想いを乗せて鍵盤を強くたたき、曲は終わった。

がっくりとうなだれる。

見えない音符たちが、しばし店内を彷徨ったのちハラハラと舞い降りてくるような感覚に陥った。やがてその気配は消え、真の静寂が訪れた。

ハヤテは顔を伏せたまま、我知らず微笑んでいた。

おじいちゃん、いつか一緒にピアノを弾こうね。それまで腕を磨いておくからさ。

僕はこの店を守っていく。ここを訪れたたくさんの人が、きっと僕を助けてくれるだろう。だからおじいちゃん、これからも見守っていて……

「あら、どうしたの？」

声をかけられ、顔を上げた。風呂上がりのハツ子が肩にタオルをかけてゆったりとやってきたので、淡々と答える。

「たまには練習しておかないと、と思って」

「なんの曲？」

ハヤテは猫ふんじゃったを消音で弾いてみせた。

「うふふ。指の練習にはなりそうね」

ハツ子はハヤテの右側にくっついてきて、お尻を押した。少し左にずれて、ピアノの小さな椅子に二人で座る。

「私は、楽器はぜんぜんダメでねえ」

言いながら、人差し指でドレミドレミ、とたたく。ハヤテは長い指を滑らかに動かし、伴奏を入れた。

「チューリップならかろうじて連弾できそうだね」

「なんだか馬鹿にされた感じだわ」ハツ子が頬を膨らませる。「私も一曲弾けるように練習しようかしら」

孫は肩をすくめた。ハツ子さんはチャレンジャーだからね。

「なんの曲にする？」

「考えておくわ」

ハツ子は楽しそうに立ち上がると、なにかハミングしながら母屋へ去っていった。

ハヤテは、はっとそちらを見やる。

今の、ビギン・ザ・ビギンじゃなかったかな。

ハツ子さんは、栄一さんがそばに来たことを肌で感じるのかもしれない……

ハヤテは徳心した。

おばあちゃんには過去の光景が見えず、「私も見てみたいわ」と言っていたけれど、そういうことはきっと起きないんだ。

なぜなら、ハツ子さんはいつも前だけを向いて生きているから。

それを大時計もわかっていて、彼女を過去に連れ戻すことはしないのだろう。

ハヤテは小さく笑った。

僕は、いつかおじいちゃんとおばあちゃんがデートしているシーンにでもさかのぼってみたいな。

静かにピアノの蓋を閉じ、時計を見つめた。

おじいちゃんの大時計は、今日も静かに時を刻んでいた。

◆この作品はフィクションです。実在の人物、団体等には一切関係ありません。

◆本書は双葉文庫のために書き下ろされました。

双葉文庫

う-21-02

さかのぼり喫茶《きっさ》おおどけい

2025年1月15日　第1刷発行

【著者】
内山純《うちやまじゅん》

【発行者】
箕浦克史
【発行所】
株式会社双葉社
〒162-8540 東京都新宿区東五軒町3番28号
［電話］03-5261-4818（営業部）　03-5261-4831（編集部）
www.futabasha.co.jp（双葉社の書籍・コミックが買えます）
【印刷所】
中央精版印刷株式会社
【製本所】
中央精版印刷株式会社

【フォーマット・デザイン】
日下潤一

ISBN978-4-575-52820-6 C0193
Printed in Japan